海底寻宝

[美]威勒德·普赖斯 著
刘国华 王长江 译

北京出版集团
北京少年儿童出版社

著作权登记号
图字：01－2010－1131
UNDERWATER ADVENTURE by WILLARD PRICE
Copyright © WILLARD PRICE, 1955
Willard Price, the Willard Price Logo and Hal and Roger are trade marks of Willard Price Literary Management Ltd, used under licence by Beijing Juvenile & Children's Publishing House Co., Ltd.
This edition arranged with Willard Price Literary Management Ltd through Big Apple Agency, Labuan, Malaysia
Simplified Chinese edition copyright @ 2023 Beijing Juvenile & Children's Publishing House Co., Ltd
All rights reserved.

图书在版编目（CIP）数据

海底寻宝／（美）威勒德·普赖斯著；刘国华，王长江译. —2 版. —北京：北京少年儿童出版社，2024.1（2025.7 重印）
（哈尔罗杰历险记）
书名原文：UNDERWATER ADVENTURE
ISBN 978-7-5301-6547-8

Ⅰ.①海… Ⅱ.①威… ②刘… ③王… Ⅲ.①儿童小说—长篇小说—美国—现代 Ⅳ.①I712.84

中国版本图书馆 CIP 数据核字（2022）第 258059 号

哈尔罗杰历险记
海底寻宝
HAIDI XUNBAO
[美]威勒德·普赖斯　著
刘国华　王长江　译

*
北 京 出 版 集 团
北 京 少 年 儿 童 出 版 社　出版
（北京北三环中路6号）
邮政编码：100120

网　　址：www.bph.com.cn
北京少年儿童出版社发行
新　华　书　店　经　销
三河市天润建兴印务有限公司印刷

*
880 毫米×1230 毫米　32 开本　5.625 印张　150 千字
2012 年 1 月第 1 版　2024 年 1 月第 2 版　2025 年 7 月第 3 次印刷
ISBN 978-7-5301-6547-8
定价：28.00 元
如有印装质量问题，由本社负责调换
质量监督电话：010-58572171

序 言

我们的脑袋是圆的,像个地球仪。而且每个人的脑袋里,可能会想到地球,它的体积有多大?年龄有多大?有哪些有趣的人和事?但对任何人来说,地球都是一个庞然大物,即使倾其一生,也不可能把它跑遍了。怎么办呢?有一个捷径,即看书,这叫作"秀才不出门,便知天下事"。如果你想了解地球上都有些什么新鲜事,特别是大自然中的新鲜事,我建议你看一看"哈尔罗杰历险记"。

威勒德·普赖斯先生出生于1883年,他是个幸运的人,一生中跑了77个国家和地区,包括我们中国,遇到过许多新鲜的人和新鲜的事。他又是一个愿意奉献、不甘寂寞的人,不想把自己的知识和见闻都烂在肚子里,于是便动笔写了一套书,献给全世界的孩子们。于是,在70多年前,就诞生了哈尔·亨特和罗杰·亨特两兄弟的角色。

哈尔和罗杰是约翰·亨特的儿子。约翰·亨特是动物博物学家,几乎跑遍了全球去了解和收集各种各样的珍奇动物。哈尔和罗杰不仅继承了老亨特的基因,而且也继承了爸爸的事业和兴趣。在老亨特的鼓励和安排下,哈尔和罗杰走南闯北,历尽危险和艰辛,从亚马孙丛林到南太平洋小岛,从非洲大陆到格陵兰冰原,从世界上第二大岛新几内亚到地球上最高的山系喜马拉雅山,从正在爆发的火山口到危机四伏的海底世界,足迹延伸到世界各地的各个角落。他们冒着生命危险,勇敢地追逐丛林巨蟒,制服热带巨蜥,巧捕非洲白象,激战北极之王北极熊,深入海底猎奇,大战庞然大物杀人鲸,不仅与凶猛的动物较量,还得与贪婪的人类争斗,常常是弹尽粮绝,走投无路,只能依靠自己的智慧和勇气,才能置之死地而后生。当然,不可能所有的人都像哈尔和罗杰那样,有机会到世界各地去旅游、探险。正因如此，所有关心地球和热爱自然的人，不妨都抽空看看"哈尔罗杰历险记"这套书，希望你能进入角色，设身处地，感同身受，与哈尔和罗杰一起，深入广袤无垠的大自然去畅游、搏击，追随那些曲折的情节，体验无数惊险的场面，肯定会使你深感刺激。而且，书中丰富的知识和简练的语言，也会令人受益匪浅，回味无穷。

最后，还要加上几句，就是关于亨特一家的事业。他们到世界各地去猎取和收集各种各样的珍奇动物，送到动物园和博物馆。一方面固然为人们休闲娱乐、观赏和了解地球上的各种动物做出了贡献，但是另一方面，他们也伤害了许多动物，伤害了大自然……

与70年前相比，人类现在更注重生态保护，对大自然和动物界的了解，都要客观而且深入得多了。但也产生了另外一种值得注意的倾向，就是一厢情愿地去和动物亲近，以至于有人和自己的爱犬亲吻，结果被咬掉了嘴唇。我们说，动物是我们的朋友，是指我们和动物同是生命世界之一员。但这并不意味着，我们就可以和北极熊拥抱，可以跟老虎接吻。动物就是动物，人就是人，即使地球上最最温和友好、亲切好奇的南极企鹅，当我想去摸它的脑袋时，它也会奋起反抗，摆出一副决一死战的架势。因此，我认为，人类和动物朋友的交往，应该是"君子之交淡如水"，最好的做法就是不要去干扰它们，当然更不能去伤害它们。

位梦华

中国最先登上南极大陆的科学家之一
中国作家协会会员、中国科普作家协会会员
享受政府特殊津贴、有突出贡献的科学家

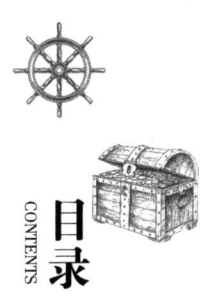

目录

1 面罩和通气管	1
2 恶作剧	15
3 头盔里的蝎子	24
4 水中呼吸器	32
5 巨鳗	40
6 潟湖奇观	49
7 鲨鱼危险吗	61
8 铁人	73
9 猎宝	86
10 沉船之谜	102
11 夜潜	120
12 吃人的蛤	132

13 海底葬礼	142
14 绑架	144
15 海底激战	153
16 台风	161
17 火山的召唤	170

1

面罩和通气管

华丽小巧的"快乐女士号"船,在西太平洋极乐环礁岛——特鲁克群岛的潟湖停泊。

在潟湖的四周高高地耸立着小岛,不管高处还是低处都长着茂密的椰子树、面包树、杧果树及三角梅。

特鲁克环礁湖有 250 个岛屿。浩瀚的环礁有 40 海里①见方,是大洋里名副其实的湖,周围是一圈环礁。珊瑚礁有四处裂口可容船只进出其间。

"快乐女士号"船下,水清澈见底,从船栏上往下望去,哈尔和罗杰可以清楚地看见水深十几米的海底深处美丽的珊瑚花园。

他们是兄弟俩——哈尔 19 岁、罗杰 14 岁,父亲约翰·亨特是著名的动物博物学家。经许可,他们有一年的假期帮助父亲进行某些探险活动。整个夏天他们是在亚马孙丛林和太平洋度过的,为动物园和马戏团收集陆地野生动物和大型水中动物——这些活动已在《亚马孙探险》和《南海奇遇》中叙述过。

现在他们准备探索海底。他们的父亲准备对这两兄弟进行博物学实际教育,并把他们安排在海洋研究院。

为研究水中庞大动物的习性和猎取标本,该研究院为"快乐

---

① 1 海里 = 1852 米。

女士号"配备了潜水钟、水中呼吸器、海底照相机和其他深海作业设备。研究院安排科学博士鲍勃·布雷克指导工作。

布雷克博士看上去与其说像个科学家,不如说更像个救生员。他的皮肤,除黄色游泳裤覆盖的地方外,都晒成了深赤褐色。他肩膀宽阔,胸肌发达,臂肌强健,这一切证明他是一个游泳健将。他表情丰富,头脑机智,可这会儿却脸色阴沉,坐在舱口盖上,仔细看着船栏边上的兄弟俩。

他在想:"我为什么……为什么非要把这两个业余的家伙拉来不可呢?他们对于深海潜水懂多少?恐怕他们下水最深不过澡盆底而已。"

他从头到脚打量着哈尔。

他不得不承认:"这是个男子汉了,不到我年龄的一半,块头却比我大。他是个稳重、聪明的小伙子,弟弟也挺讨人喜欢的。但这都不足以使他们成为深海潜水员。唉!如果我非要当幼儿园教师不可的话,那只好从现在就开始了。"

他对兄弟俩喊道:"我们的第一次潜水课现在开始!"

哈尔和罗杰高兴地走到舱口,船长艾克靠过来,站在高空作业台上。正用砂纸打磨桅杆的年轻的波利尼西亚水手奥默也停下手中的工作,仔细倾听。

布雷克博士说:"你们知道,地球表面大约70%是水。大部分陆地已被人们探索过,而水域才刚刚开始,海底世界还有待发现。今后100年间的伟大探索将在大洋深处进行。

"科学家们曾经做过这样的尝试:把网放下去,然后通过研究进入网内的鱼类及海草来弄清大海深处生物的活动情况,这是

1 面罩和通气管

一个很笨拙的方法。好办法是人下到海底亲自观察。不过,由于老式的潜水服笨重而危险,这可不那么容易。

"最近有一些了不起的发明使我们有可能深入海底,而不会感到不舒服。一个是通气管,一个是水中呼吸器,还有潜水钟和海底雪橇。

"这些东西我们船上都有。我要你们做的工作是:熟悉它们的用途,以便能协助我的研究工作,考察海底生物,进行水下摄影以及捕捉标本。我知道,在你们父亲的事业中,你们受过关于动物学的一些训练。我也听说你们在亚马孙和太平洋探险活动中干得不错。"

哈尔和罗杰脸上露出得意的神情。布雷克话锋一转,接着说:"但那些或许派不上什么用场,这次工作的关键是要能潜水。你们有多少潜水经验?"

"少得可怜。"哈尔老实地说。

"我猜对了。现在我首先要你们做的是从舷侧跳下去,让我看看你们能潜多深。如果你们感觉耳鼓疼,就马上上来。第一次能潜3米多深就算不错了。"

罗杰一下跳到船栏上,他要给这位持怀疑态度的教授露一手。他将为自己躬身入水的拿手好戏感到十分自豪。但是,布雷克拦住了他。

"等一下!不要跳下去,那样会把鱼吓跑的。"

"还有其他方法吗?"罗杰有点困惑不解。

"像老太太走路那样,轻轻入水,不要发出溅水声。"

哈尔和罗杰很轻松地越过船栏进入环礁湖,不见丝毫水花。

然后，他们头朝下向深处游去。

布雷克博士大吃一惊。他原以为这兄弟俩只能潜一两米深，然后就会挣扎着露出水面大喘粗气。然而现在，他们却平稳地划着水，向深处游去。3米，4米，5米，直到10多米深的海底。

他们的朋友，一身棕色皮肤的奥默自豪地看着他们的表演，高兴地盯着吃惊的教授。奥默本人并不感到吃惊，因为他清楚地记得，他的两个同伴在上一次的探险活动中捞珍珠时学到了潜水的本事。

布雷克博士从船舷边扔下一条绳子，兄弟俩像海豚一般迅速地跃出水面，抓住绳子，攀上甲板。

他们躺在阳光下，喘着粗气，面带潜水后的疲劳，等着布雷克博士说句赞扬的话。但他们的指导教师并不赞成给予过多的表扬。

他说："刚开始，还不错。不过，如果先反弹一下你们会游得更好一些。"

"反弹？"哈尔询问道。

"这样。"

布雷克越过船栏平稳地进入水中，慢慢游到潟湖大约20米深的地方。他身体不断地下沉，直到仅能看到他的一束棕色头发为止。只见他的手臂和腿猛然一伸一蹬，说时迟那时快，他的半截身子已露出水面，随后又下沉到两三米处，身体依然保持直立姿势。然后，他头朝下飞快地游去。当他突然跃出水面，手里拿着从湖底珊瑚床上摘下的柳珊瑚时，你简直觉得他也就能游完水面到湖底的一半距离。

哈尔和罗杰意识到，有这样一位既能言传，又能身教的潜水

1 面罩和通气管

大师，他们真是交了好运。

布雷克攀上甲板，他呼吸正常，看上去十分平静，就像只潜了两米，而不是20米似的。

他说："好，现在上第二课，你们用过通气管吗？"

兄弟俩摇了摇头。布雷克打开一个箱子，取出面罩、鸭脚板和通气管。

"那你们就试试吧，"他说，"把它们戴好。"

兄弟俩对面罩和鸭脚板并不陌生，很容易地就穿戴妥当了。

但对通气管却无可奈何！他们好奇地查看这一装置。这是一个约60厘米长的塑料管，像一条一端向上弯曲另一端向下弯曲的蛇，其中一端有一个套口管。

"把它放进嘴里，橡皮凸缘要放在嘴唇后面，牙齿紧紧咬住这些小橡皮块。这样，头在水里也没有关系，你仍然可以呼吸，只要管子的另一端在水面上。"

罗杰提出异议："可是，如果大海波涛汹涌，海浪淹没通气管，那不是要吸水而不是吸气了？"

布雷克说："看到顶端小盒里的乒乓球了吗？当浪打来时，球就被抛上去，通道被关闭，不会有水进入管子。当浪退去时，球就会落下来，你就可以再次呼吸了。实践一下你就知道了，你甚至根本就感觉不到。"

"用一个通气管可以在水下待多长时间？"

"如果你喜欢的话，整天都可以，就像平常呼吸一样容易，唯一的区别是：你是用嘴而不是用鼻子呼吸，不需要特别的本事，很多打鼾的人每晚都是这样。"

1 面罩和通气管

"为什么把这种东西叫通气管呢?"罗杰想知道原因。

"第二次世界大战期间,德国一种U形潜水艇上都有一个把空气送进潜艇的管子。我们也利用了这种原理,只不过简化了。"

这位潜水大师穿戴好面罩和鸭脚板,选了一个通气管,说道:"我教你们怎么用。"他把橡皮套口管咬在嘴唇后面,翻过船栏,平卧水面,脸朝下,头部几乎完全浸入水中,只有后脑勺露出水面。通气管的顶端像一条海蛇的头伸出海面。

当细浪淹没"蛇头"时,管齿控制的球一下子升上去了,关闭了通道。布雷克懒洋洋地游着,透过面罩窗欣赏着身下的珊瑚园。后来他又下潜,当通气管上端浸入海里时,水压迫使球进入通气管的顶端。而当他上升,通气管露出水面再次进入空气中时,球又离开,他又可以吸气了。

有一刻钟时间,布雷克就在水里游来游去,但从未把脸露出水面。

又过了一会儿,他攀上甲板,说:"就像躺在床上一样自由自在。试试吧,一次一人。"

"我先来!"罗杰急切地说。

他用嘴唇和牙齿咬紧通气管套口,滑进海里。

他像布雷克那样脸朝下浮着。但是,老习惯太顽固了,就像以往总是在水下一样,他屏住气,然后,把头伸出水面吸气。但是当他刚刚张口呼吸时,通气管就脱落了。他可以听到布雷克的骂声。他重新把套口管放进嘴里,提醒自己,有通气管确实可以在水下呼吸。

他小心翼翼地把脸浸入海里,一动不动。之后,他又企图用鼻子呼吸,但由于盖着眼睛的面罩也盖着鼻子,他吸不到气,反而使面罩把脸贴得更紧。

对,他应该用嘴呼吸。他试了一下,空气很容易地进入肺里。他一次又一次地呼呀,吸呀……啊!根本没有什么了不起,忘记你是在水里就行了,忘记对大海的恐惧,同大海交朋友,在大海的怀抱里充分放松。

他感觉轻松多了。虽然仍觉得在水下呼吸新鲜、干燥的空气有点不可思议,可他现在的确呼吸得很正常。尽管他是一个游泳能手,但他总是要同大海搏斗:为呼吸而搏斗;为不使水进入鼻腔而搏斗;为避免呛水而搏斗;为不下沉而搏斗;为潜泳而搏斗;为劈浪而搏斗。

而现在没有了搏斗。他的四肢舒展而轻松,平卧在像羽绒床一样暖和的热带海水里。他知道上面有浪,因为在他下水之前,他看到了。但是现在波浪只不过泼溅在身上,他除了有一种摆动的感觉外,什么也感觉不到。偶尔波浪会把通气管淹入水中,小球就会堵住吸管,而这仅仅是一瞬间,很快他又可以呼吸了。没有多久,他甚至连这小小的中断供气也注意不到了。

他想,这同脸朝上漂浮在水面上是多么不同。仰泳时你一刻也不得安宁。你必须随时留意,唯恐波浪淹没你的脸,使你呛水、窒息而咳嗽、作呕。你不能向下看,除了空旷的天空什么也看不到。你必须使肺部有足够的空气,如果你的脚像罗杰的脚那样重的话,你必须尽力使脚不下沉。

脸朝下平卧着,就没有这些麻烦。他不明白为什么他的脚不下沉,也许是他的头完全浸在水里的缘故吧。不管怎么说,他一

1 面罩和通气管

生中从来没有这样舒服过,他的身体的每一部位都被支撑着。最好的弹簧床垫也不能支撑得如此平稳。

他没有游,他在休息,四肢一动不动。当然,谁都可以,无论任何人,即使一生中一次泳也未游过。你要做的仅仅是平卧着就行了。

如果你想动,也不需要学专门的游泳动作。你可以手脚并用采取狗刨式,或者,如果有鸭脚板的话,不管你怎么蹬,都可以把你推向前。那就试试看,他用狗刨式游着、蹬着,在水里很平稳地移动着。

对于初学游泳的人熟悉水性,这是再好不过的方法了!害怕是初学游泳者最大的障碍。由于害怕淹死,就不会注意游泳姿势。运用通气管,就不会害怕,而且会不慌不忙、认认真真做好游泳动作。

狗刨式把他带到潟湖的浅水部分,珊瑚园仅在他身下大约3米处。就像在直升机或在"魔毯"上,他漂浮着俯瞰这迷人的景致。

在他身下,珊瑚峰像城堡一样耸立着,上面有很多孔,看上去就像城堡的门窗。其他更像漂亮的宫殿,鱼类穿着可与古代骑士和宫女媲美的花花绿绿的服装,在这些城堡和宫殿里进进出出。

城堡似乎长满了苔藓,爬满了常青藤。罗杰知道,这些来回摆动的东西,看上去就像花草和蕨类植物,其实大部分都是动物。

真正的城堡哪里有如此艳丽的装饰!许多颜色在陆地世界极

少见到，有不少甚至叫不出它们的名字。

现在"魔毯"把他带到树状鹿角珊瑚的上方，至少它们看上去像树。但是，他知道这些树干和树枝是由数以百万计忙忙碌碌的小珊瑚虫建造起来的。有一个他把它命名为脑形珊瑚的巨大圆状物，其表面的褶皱就像人脑的沟回。

他在哥哥有关大海生物的书中见过这些珊瑚。但是，对于每一类他能叫出名字的东西，就有20种对于他来说是完全神秘的，他决定好好研究研究它们。

他确实认识海胆和针鲀，能够在它们上方漂浮而不必在环礁湖底穿行，他感到很兴奋。它们密密麻麻地躺在湖底。那些海胆有几十根又黑又长的刺，针鲀白色的短刺像一根根针一样。假如不小心用手或脚碰到它们，就要疼上几个星期。而那些扎入你肉中的刺会断在肉里，必须得挑出来，但毒液会使伤口化脓，而且还很疼。

他漂过了一个珊瑚尖塔，塔顶上有着华丽的金紫色的花，这肯定是真正的花了，它们有几十片微卷起来的花瓣。他探身去摘，那些花瓣都缩了回去，花不见了。他这才意识到它们原来是海葵，那些花瓣是它们的触须。这些触须专门用来捕捉食物，然后把它们送进海葵那永远吃不够的嘴里。

五光十色的鱼更使他眼花缭乱。扁鲛、蝴蝶鱼、鹦嘴鱼，还有十几种他叫不出名目来，有粉红色的，有蓝色的，有棕色的。还有一大群亮晶晶的小黄鱼毫不畏惧地靠近他的面罩，对他好奇的程度不亚于他对它们的好奇。有一只甚至抵着他的面罩玻璃想看个究竟。

1 面罩和通气管

罗杰看到一条大鱼向他游来，顿时他感到一股凉气直透脊梁骨。他现在还看不清那是个什么东西，可能是条鲨鱼或是一条大梭鱼。

然而，他马上就看清了那个怪物，原来是他哥哥。

哈尔戴着面罩、通气管和鸭脚板，另外还带着一样东西使罗杰羡慕极了：那是一支水下用猎枪。布雷克博士给他们看过这东西，他们也对其价值和价格都感到吃惊。这种专打大猎物的水下猎枪是用二氧化碳气罐启动的，装一次可打60次。它的后托像手枪，前把却又跟机关枪似的。长长的枪筒可射出有倒钩的箭，箭和枪是用5米长的线连接在一起的。所以，只要你握紧手里的枪，被射中的鱼就不可能跑掉。

哈尔慢腾腾地游着，搜寻着猎物。不一会儿，他看见了一条很大的灰色新西兰真鲷在珊瑚枝之间游动，他马上瞄准，开了枪。

好枪法！箭射穿了那条鱼，从鱼身的另一侧露出头来，由于有倒钩挂着，那鱼跑不掉了。

被打中的鱼马上掉头逃跑，却被那5米长的线给拖了回来。哈尔感到鱼拉得很猛，但他死死抓住枪不放。

鱼在那一头拼命挣扎，晃动着的枪碰掉了哈尔的面罩，掉进了珊瑚丛中。

失去面罩，哈尔看不清楚了。由于被挣扎着的鱼拖到了水面之下，他也无法呼吸了。为了避免被鱼拖着到处走，他干脆下到了湖底，抓住一根珊瑚坚持着。

罗杰游过来帮忙了。他好像听到一种低沉的轰鸣声，但他没停下来去想一想这或许是摩托艇来了。他全神贯注于水下这一幕。

1 面罩和通气管

他也没有听到布雷克博士的喊声。此时,博士正在"快乐女士号"甲板上暴跳如雷,拼命地喊着。水上的声音是传不到水中的,假如罗杰有一只耳朵在水面上的话,他也许会听到喊声,但此时他整个头部都在水下。

摩托艇上的红种人停止了吵闹和歌唱,注意听"快乐女士号"这艘纵帆船甲板上人的喊声,可他们不懂英语,不知道布雷克在喊叫什么。忽然,他们中的一个人看到了罗杰露在水面上的通气管的一头,可这一切都太迟了。

哈尔虽然在和真鲷搏斗,却注意到了移向罗杰的阴影,并听到了螺旋桨的搅动声。游向哈尔的罗杰直朝着那条能要人命的艇身撞了过来。

哈尔马上向他弟弟游过去,但由于手中鱼的拉力,他几乎游不动。现在要么是保鱼枪,要么是救罗杰。他当机立断松开了枪,那条灰真鲷拖着贵重的鱼枪游走了。

哈尔冲向罗杰,使劲把他拖开,自己则立刻低头下潜,但还是没有来得及躲开摩托艇的铁龙骨。船龙骨正对他的头撞了一下,从他身上擦过。他失去知觉前的最后一闪念是:螺旋桨的叶片要把他搅成肉泥了。幸亏船上的人们已关了发动机,慢下来的螺旋桨叶片仅仅是擦了他一下。

罗杰马上游向失去知觉的哥哥,把他的头托出水面。布雷克博士游过来了,渔夫们也跳入水中救护。在渔夫们的协助下,布雷克和罗杰一起把失去知觉的哈尔移向纵帆船,把他拉上了甲板。

布雷克摸着哈尔的脉搏……

"只是撞昏了,他会醒过来的。"

布雷克下到舱底拿来药和绷带处理哈尔身上的伤口。罗杰和当地人把哈尔脸朝下放到绞盘上让他吐了些水。哈尔开始大口喘气了,他睁开眼,从布雷克博士近在咫尺的脸上读出一种不容误解的厌恶的表情。

"对不起!"哈尔说。但布雷克并不理睬,他弯下腰开始给哈尔伤痕累累的身体进行包扎。

哈尔羞愧得无地自容,简直想透过甲板沉下水去。他丢了贵重的鱼枪,丢了面罩,丢了真鲷,没及时注意到水面的摩托艇。他和罗杰太无能,他们还想在探险队头头面前露一手呢,现在却把一切都搞糟了。

哈尔想,博士现在随时都会大发雷霆,骂他们无能。他甚至希望博士快点爆发,那要比看他忍着这满腔怒火舒服一些。

布雷克横眉竖眼,但沉默不语。那天他几乎什么也没说。

当晚,大家都上床之后,布雷克说:"哈尔,明天早上你到机场去一趟,接7点钟的飞机,英克罕姆要来了。"

"英克罕姆?"

"我没有跟你讲过?离开檀香山前我安排叫他来的。他年龄和你差不多,但确确实实有水下工作经验。我看到过他潜水,确实不错。"

布雷克沉默了一会儿,又接着说:"有一个知道自己的脑袋长在哪里的人跟在身边或许会好一些。"

说完这句尖刻的话,他转身入睡了。

哈尔一夜未眠……

2 恶作剧

太阳刚刚升起,哈尔就把小船放下水,小船尾部安放了一台舷外马达。哈尔跳进小船,发动马达,沿着潟湖飞驶而去。

这是一个令人心旷神怡的早晨。阳光灿烂,湖水清澈,平滑如镜。湖底的珊瑚园五光十色,数千米高的绿色岛屿直耸云霄,远处海浪撞击在巨大的环礁湖的礁脉上,溅出白色的浪花。

这样的早晨,这样的景致,任何人都会陶醉其中的。可是哈尔却毫无兴致,他仍为前一天所受的耻辱而伤心。他本想成为布雷克博士的得力助手,但布雷克却认为他是一个大傻瓜。哈尔几乎都要认同他的看法了。他确实弄巧成拙,出尽了洋相。而现在一位新人要来了——一位布雷克可以信赖的人。

英克罕姆这名字总使他感到有点奇怪,他以前在哪里听到过这名字呢?这是一个古怪的不太常见的名字。他极力回忆在校的日子,但毫无结果。他能记起的只是这一名字曾和某些不愉快的事情联系在一起。

到那个大岛——莫恩岛的机场有10海里的路程。小船疾驶过一群小岛,经过了大塔瑞克、帕拉姆和佛范,然后沿着达波伦海岸飞驶。达波伦海岸上到处是第二次世界大战期间留下的废墟。莫恩岛上有个美国海军基地和飞机场。

哈尔刚刚把船靠上码头,爬上岸,就看见一架飞机轰鸣着从东方飞来,在机场上空盘旋。飞机还在跑道上滑行,哈尔已到了机场。

几个穿着海军制服的人走了出来,然后一个穿便装的年轻人出现了。

哈尔第一眼就已经开始讨厌起了这张面孔。肯定在哪里见过,那种机敏、狡猾、奸诈的表情他是不会忘记的。

新来的人停了下来,四处张望。哈尔迎了上去。

"你叫英克罕姆吗?"

"S. K. 英克罕姆,为您效劳。"

此时哈尔记起来了,"怪不得,我觉得我认识你,你是斯根克。"哈尔说着,把手伸了过去。

斯根克冷淡地握住了他的手,淡淡地说:"那么你是哈尔·亨特了。"他似乎一点也不因为碰见熟人而兴奋。

为了缓和气氛,哈尔说:"哦,走吧,我帮你提包,船就在那边。"

穿过机场时,哈尔的记忆一下子飞回到了几年以前。那时,他和斯根克进了两个对手学校。斯根克的姓是塞尔维斯特,他不喜欢这个姓,所以总自称 S. K. 英克罕姆。但同学们嫌这拗口,就把这两个缩写字母和他的名字的前三个字母连在一起,给他起了个外号:斯根克。

哈尔非常清楚为什么斯根克不高兴碰见知道他中学表现的人。他中学的所作所为不那么光彩:由于不正当的行为,他被足球队开除;由于考试作弊,他被停课;他还差一点杀了生物老师,那一事件曾经轰动了全城。

2 恶作剧

当时那个老师因为一架显微镜被窃,严厉地惩罚了斯根克。为了报复,他把一条响尾蛇放到了老师的口袋里。那条蛇虽然只有 30 厘米长,却是一条真正的响尾蛇,咬一口就可致命。老师把手伸进口袋,被咬了一口,住院三天,差点丧命。

斯根克被学校开除。此后,他家搬到了另一个城市,那里没人知道这些往事。

现在想不到碰上一个了解他过去底细的人,难怪他不高兴了。

哈尔没话找话:"你认为我们的潟湖怎么样?"小船在葱郁的岛屿中间蜿蜒前行,这些岛多彩多姿,就像绿色琉璃宝塔上镶满了各色的花果。

斯根克一边向四周张望,一边嘴里叽里咕噜着。

哈尔猜得到斯根克在想什么,他怕哈尔会揭他的"伤疤"。

我会讲吗?哈尔自己也说不清。博士有权知道他雇到船上的都是些什么人。而这个家伙早晚会惹是生非的,他也许还会毁了这次探险。如果我现在就让布雷克博士知道这些,也许可以防止将来出事。因为假如布雷克博士现在就知道了,他就会把斯根克解雇,至少他不会把斯根克摆到我前边。让斯根克在我头上作威作福,我可受不了。

但他知道自己不会讲的,甚至对罗杰也不会讲。罗杰不会记得斯根克,因为那时他还小着呢!

也许斯根克已改好了,也说不定现在还挺不错呢。得给他一个证明的机会。

"我说,斯根克,"哈尔开口了,"我不知道怎么说才好,你我需要相互理解。"

斯根克疑虑重重地看着哈尔:"什么理解?"

"你中学时代运气不佳,但你不必担心我会多嘴多舌。"

"那时对我太不公平。"

哈尔想了一想说:"我好像觉得你得到的还不只是公平的待遇,斯根克。你本来会因企图谋杀罪而受审的,但你的老师不愿控告你,他甚至连医疗费用也自己付了。他坚持说你所做的事不过是个恶作剧。"

"本来就是这样,"斯根克嘴巴还挺硬,"玩笑而已。"

哈尔说不出话来,他只能呆望着这个把杀人或者几乎置人于死地看成是玩笑的流氓。他想到以后的日子,以后水下的工作,即使没有这种玩笑者参加也是够危险的啦!但这次探险的机会却不能错过。

"我想告诉你的是,"哈尔说,"你这次会得到公平的待遇。"

斯根克一听就叫起来:"亨特,别装模作样了。你算老几,敢像老子训儿子一样对我说话?我自己的事我自己会处理,很快我就会连你也管起来。你和你的布雷克加起来也没有我懂得海底的事情多。一个月内我就会成为这次探险的领导者,别管我的事了,关心一下你自己吧!假如你不傻,现在就快滚蛋。若不走,你就准备着按我的命令行事吧!而我的命令不会总是让你顺心的。现在我们互相理解了吧?"

"我想是吧。"哈尔回答。他坚定的目光直盯着他的同伴狡诈的眼睛。"你想和我作对,好吧,这既然是你的愿望,那就走着瞧吧。"

2 恶作剧

他们靠上"快乐女士号",上了甲板,布雷克在船栏边等着。

"早上好,英克罕姆。"布雷克热情地打了个招呼。斯根克现在满脸堆笑:"又见到你真是太好了,布雷克。"

他们握了手,布雷克欣赏地打量着这个新来的人的强壮、轻捷的身躯。

"你到我们船上来真是太好了,"他说,"我们不太顺利,我们需要你。"

"我想我能帮忙。"斯根克自信地把头一偏。

"下来吧,我来告诉你把东西放在哪里,然后去吃早饭。"他们通过升降口下到船舱,一股热咖啡的味道扑鼻而来,既是水手,又是厨师的奥默,正把早餐摆在桌子上。布雷克朝船舱的后部走去。

"你就睡在这里,"他指着舱尾的一个铺位说,"这里的铺位紧挨在一起,顶也低。"

但是斯根克却在船舱宽敞部分的一张最宽的铺位旁边停住了。

他问道:"这个铺位有人吗?"

布雷克说:"有,那是我的。"

布雷克转身朝船尾走去,但斯根克却不动。他说:"给你带来不便,我十分抱歉。事实上,如果我睡在尾部的话,似乎不大合适。你知道,这种机械振动,左右晃动我不在乎,可这颠簸我可受不了。我在船的中部要好多了。不过,当然啦,我并不想打搅你,那我就睡在甲板上吧。"

"那绝对不行,"布雷克大方地说,"就睡在我的铺位上吧,我搬到后面去。"

"你真的不介意吗?"

"一点也不!"

话音还未落,斯根克就把他的行李扔在了那张最宽的铺位上。

布雷克说:"现在该吃点东西啦。当然了,我们通常吃早饭的时间比这要早些,因为要等你。这是艾克船长,来,认识一下,英克罕姆先生。"他们相互握手:"这是罗杰。"

"嘿!"斯根克带着一种没有时间理会小孩子的口吻说。

"奥默,这是英克罕姆先生。"

这位年轻漂亮的波利尼西亚人,伸手走向前来,咧嘴笑着,红木一样棕色的脸庞上露出雪白的牙齿。

斯根克好像突然对别的什么东西产生了兴趣,假装没有注意到伸过来的手。奥默缩回手,默默地回去干活了,没有流露出一点不高兴的神色。

但是哈尔却怒不可遏。他铁拳紧握,肌肉紧绷,他几乎控制不住自己,真想一拳朝斯根克自命不凡的脸上打去。

好啊,你个斯根克!你认为你了不起,不屑同奥默握手!奥默顶得上你斯根克一打。是奥默,不止一次冒着生命危险救过哈尔和罗杰;是奥默,在荒芜的小岛和筏子上的可怕日子里表现了非凡的耐心和勇气。这位棕色皮肤的巨人,他的文化程度也可能只赶得上斯根克,但他却有一种斯根克缺乏的更重要的东西——品格。按照波利尼西亚人的习俗,哈尔和奥默已经对天盟誓,结为兄弟。现在他的"兄弟"遭到了侮辱,而他所能做的只能是坐

2 恶作剧

在这里怄气。

不要紧,总有一天斯根克要为他的所作所为付出代价。

早餐是热带水果、乌龟蛋、烤面包和咖啡。吃完这些,斯根克说:"嘿,布雷克,你把你的情况给我简单介绍一下吧。在火努鲁鲁我们没有机会谈这些事。"

布雷克回答说:"对!你对我们了解不多,我们对你也了解甚少。但我看到过你潜水,这就足够了。任何潜水潜得那么好的人……"

"谢谢!"斯根克得意地笑了笑。

"你已经知道我受雇于海洋研究院,研究海中生物和收集标本。不过,你也许想了解一下这艘纵帆船。它小巧玲珑,总长18米,载有三角形的马可尼帆,这是世界上最快的帆。它还带有一个船首三角帆和两个支索帆。有一个备用引擎以使其能穿过困难的水道,还配备有标本水槽。"

"它怎么会配备有标本水槽呢?"

布雷克解释道:"在我租用它之前,它曾被哈尔和他的弟弟罗杰用来为他们的父亲收集标本,他们的父亲是一位动物博物学家。船是艾克船长的,当他们完成了探险之后,我租用了它,条件是艾克本人驾驶。由于这兄弟俩也在船上,所以我也雇用了他俩。"

"海洋研究院授予你可按自己的意愿雇用和解雇的权力,是吗?"

"不错!"布雷克说。

斯根克对着哈尔笑了笑。别人都会认为这是友善的微笑,但哈尔明白这意味着什么。斯根克图谋解雇哈尔和他的弟弟,那样就不会有人揭出他的隐私。

"除了采集标本外,"布雷克继续说,"我们还要注意沉船。"

罗杰一下子站得笔挺,这正合男孩子的口味。

"装满珍宝的船吗?"他惊叫道。

"啊,是的,你可以叫它们珍宝船,虽然海洋学家和历史学家想要的主要东西并不是珍宝,而是想知道人们在古西班牙时代是如何生活和航行的。你们知道,从16世纪到19世纪,所有这些岛屿同菲律宾一样都为西班牙所拥有。满载菲律宾黄金的西班牙船只,总是到这一带来,在这些岛屿停泊,补充食物和淡水,然后继续航行到墨西哥海岸,当时的墨西哥也归西班牙所拥有。货物在那里转由陆运,然后再用船运到西班牙。走这条路无论到什么地方都是西班牙领土,所以要比另一条环绕世界的路线安全些。

"这些西班牙大帆船经不起风浪,所以许多船只连同装载的令人感兴趣的东西一起沉没了。有关沉船宝物的说法仅是传说,但事实是成千上万只沉船正在海底有待我们去发现。大部分西班牙沉船都在这一条航线上,这条航线正位于台风区,但因为潜水技术的问题,至今几乎还没找到过。我们现在有新的潜水工具,像水中呼吸器、海底雪橇、深海潜望镜等,因此我们应该能够有所进展。"

他们上了甲板。吃过饭不能立刻就潜水,所以大家都站在栏杆边低头望着珊瑚组成的五彩缤纷的峰谷。但由于水太深,看得不很清楚。

"那是另一个世界,"布雷克说,"陆上的世界和那里截然不

2 恶作剧

同。我潜水 20 年，有时候我觉得在水里更自由自在，当然这有一个逐步适应的过程。开始的时候，你觉得不可思议，甚至有点怕。那里当然有危险，可在城里横穿马路也有危险啊。如果刚刚差一点被疾驶的出租车撞倒，你再进入这个安静、平和的环境，你会觉得松了一口气。你们都看过儒勒·凡尔纳的《海底两万里》没有？"

兄弟俩点点头，他们都看过。

"那么你们都应该记得当'诺第留斯号'的一个船员死后，他们便会把他埋在海底。我常想到这一点，我死后也想这样。"斯根克笑了一声，但布雷克继续往下说，"我真这样想的，我没有妻室儿女，陆地上没有什么好留恋的。假如出了什么事，我别无所求，只愿能被埋在像那边一样安静的珊瑚园里。"

看到兄弟俩严肃的面孔，他笑了。

"别发愁，我离那一天还远呢。现在我们把潜水服拿出来，看看今天可以干些什么吧。"

3
头盔里的蝎子

说好了让哈尔穿着潜水服下水。布雷克觉得潜水服样式太老,但有时候还得用。对斯根克来说穿潜水服是常事,而罗杰年龄又太小,不该冒这样的危险。

哈尔承认自己从没有穿过潜水服,但只要练习一下就可以应付。

布雷克命令艾克船长把船开到潟湖稍深一点的地方。

船正开着的时候,一套很重的橡胶潜水服、铜头盔和一双更重的铅靴被拿到了甲板上。然后是一卷救生索,一大卷通气软管,还有一个气泵和一个压缩机。

从潜水器材里爬出来一只蝎子,它那细长的尾巴和有毒的螫针在它那绿白色的躯体上高高地拱起。

布雷克说:"那东西肯定是和水果篮一起上船的。"

这套不透水、不透气且又笨重的潜水服一上身,哈尔立刻大汗淋漓。

太笨重了,哈尔连弯腰穿靴子也不可能。布雷克帮他穿上靴子,每只靴子的厚底都由纯铅制成,重20千克。哈尔想迈步,可几乎抬不起脚。

"现在该戴头盔了,"布雷克说,"少了一个阀,我去拿来。"

他沿升降口下到保管室去了。罗杰在船头欣赏着时隐时现的

3 头盔里的蝎子

海豚，哈尔在忙着检查他的潜水服，趁没有人注意，斯根克走到排水孔刚才那只蝎子藏身的地方，熟练地一扯尾巴，把蝎子拿起来，丢进了铜头盔里。

布雷克回来了。在斯根克的帮助下抬起那顶沉重的头盔，放在哈尔的头上，然后把它和潜水服锁在一起。

开始打气了，空气通过软管打进了头盔。哈尔透过铁框之间的小洞向外张望着，他觉得自己像是个死牢里的囚犯。太阳照着潜水服，他感到晕乎乎的。他会在进水之前就瘫倒吗？那么布雷克会怎么看他？

头盔、服装和靴子加在一起重达100多千克，这就好像要他搬动一个大胖子。他汗流满面，重重地靠在罗杰和斯根克身上，蹒跚地向船栏走去。

布雷克博士已放下一个短梯，哈尔坐在船栏上，三个人帮他把那沉重的脚抬过去放到梯级上，然后他慢慢地下梯子进入水中。

脚一过水面就似乎轻了许多。当潜水服和头盔也都入水以后，他就从这可怕的重负下解脱出来了。

可他还是觉得像个等待处决的囚犯，他不能自救，他的命运掌握在上边那些人手里。泵一停止工作，他就完蛋；软管一打结，他就没气可吸；如果他们让他下得太快，他会遭到海水的挤压；假如他们把他拉上来太快，他会得"潜涵病①"。

而且他还忘不了他有一个对头在上面，这个对头为了搞掉他

---

① 潜涵病，又叫潜水员病、沉箱病。——译者注

3 头盔里的蝎子

是不惜采用任何手段的。

他的脚触到了海底,他站在一个由奇形怪状的珊瑚组成的仙境里:粉红色的精怪,紫色的扇子,蓝色和金色的树,树枝像驼鹿的角。

连接头盔的气管和系在肩带上的救生索一直向上,向上,通过"屋顶"消失了。"屋顶"像个铺了霜的玻璃顶,使人的视线模糊不清。在停船的地方,哈尔可以看见水下的船体,但水面之上的东西却什么也看不清。他既看不见罗杰在向下窥视,看不见布雷克博士在给他泵气,也看不见斯根克不停地往下放救生索和通气管。

但是,他突然意识到放出的管子太长了。一旦他到达海底,送气软管和救生索就应该扯紧。现在不但没扯紧,反而还在继续放。一盘盘黑色软管和白色的救生索就盘在他身旁的海底。他必须小心翼翼以免被缠在这成卷的管索之中。

他试着迈步,但很别扭,他必须使劲向前倾,就像一棵要倒的树。要抬脚、起步、放下来,这可不是件容易的事。僵硬的潜水服充满了空气,每移动一步都很艰难。

突然来了一股意想不到的力量。特鲁克环礁湖底一股东扭西拐的强劲水流,从他背后冲来,把他向前推了十几米。他无法顾及救生索和送气管。他还未站稳脚,下一股相反方向的水流又把他向后推了好几米。

他紧紧抓住珊瑚枝,以免再被水流戏弄,用另一只空着的手去拉盘在一起的绳子。

他不安地注意到,送气管缠到了一根鹿角珊瑚上,只要一拉，珊瑚就会把它切断。

就在这个时候，他觉得头盔里有什么东西在动。他感觉到有个东西在头发里爬，他背上一阵发麻。

他无法用手抓住它，现在能做的只是努力把送气管解开。

那个多脚的东西，现在正爬过他的右耳，它爬到了眼皮上，他闭上了右眼，它又爬过他的鼻子。

现在他可以看见它了，不见则已，一见全身都凉了——竟是一只蝎子。

他真想用他的头去碰头盔，把这个可恶的东西压得粉身碎骨。但他知道，只要稍一动，那只蝎子就会把毒刺扎进他的脸里，毒液会流进他的肉体。虽然这并不会马上使他送命，但却很容易使他失去知觉。那么，他就会倒下去，送气管就会缠死在珊瑚上，没有空气，他就非完蛋不可。

即使他很快把蝎子压碎，它也会垂死挣扎，蜇他一下子。假如它把毒刺扎进他的眼睛怎么办？即使他还能活下去的话，那他一生就是独眼龙了。

他必须保持沉着镇静。毕竟，他已习惯于同野生动物打交道。他曾让塔兰图拉毒蛛和美洲毒蜘蛛从手上爬过。他知道，如果你不打扰它们的话，它们一般也不会打扰你的。

因此，他尽量忘掉正在他嘴唇上、脸颊上爬的东西，集中注意力解开送气管。身着这副笨重的盔甲，他只好一步步向缠住送气管的鹿角珊瑚挪去。他必须自己干，因为他知道，他在很深的海底，水面上的人们根本发现不了他遇到的麻烦。有人告诉他，如果他想要人把他扯上去，就猛拉救生索。但是只有送气管松开

3 头盔里的蝎子

后,他才能被拉上去。

现在那个东西在他的喉头上,而且还要往下爬。如果它企图穿过衣领扣下面的话,它完全有可能受到挤压而蜇人。

开始解送气软管了,他尽量控制自己不让手颤抖。那个东西在他的脖子上爬来爬去,那种滋味简直要使他发狂了。它的脚爬在皮肉上,那种感觉就像针扎一般。

不过,现在它又朝上爬了。爬过了左侧面颊……爬过了左眼……横穿额头,又钻进了头发里。

哈尔因解除了紧张情绪而疲惫不堪。当蝎子在你脸上、眼皮上爬过之后,到了头发里就算不了什么了。

它现在在头发里懒洋洋地移动着。显而易见,它喜欢这片"丛林"。哈尔有了新的希望,如果幸运的话,他可能不挨蜇,并安全到达水面。

不过,当他们给他取下头盔时,蝎子是否会激动起来而采取行动呢?

现在再也感觉不到它了。也许它在他的头发里安静地闭目养神,或者早已钻进头盔顶上去了。

哈尔感到这 30 分钟简直像过了 30 年。他心想:"我敢断言,我的头发已灰白了。"他感觉如此紧张,简直要崩溃了。

产生这种现象的部分原因是所谓"深海眩晕",像酒精中毒一样。这是由于在很深的水下待的时间太长,同时神经又紧张,是氮在压力下作用于神经中枢系统的结果,因而也叫氮麻醉。

这种现象会使人干出荒谬的事情:他们会忘记自己在何处,失去注意力,并开始进入梦境;幻觉会使他们把珊瑚峰当作公寓，而那些五颜六色的鱼则变成迷人的女郎。

对于哈尔来说，一切都变得不真实了。他大笑、大叫，欣喜若狂，似乎什么也不在乎了。他很想在这珊瑚园里躺下来，美美地睡上一觉。

但是本能使他的手不停地理顺送气管，最后，他终于成功了。他抓到了救生索，使劲地拉了一下。

随后，他就失去了知觉，在梦境中漂浮。

当他苏醒过来时，他发现自己躺在"快乐女士号"的甲板上。头盔已被取下，他们正在给他脱靴子和潜水服。

在领略了海水的冰凉之后，又能晒到太阳真是妙不可言；呼吸到新鲜空气，浑身为之一爽。他再不会因软管被缠而窒息。感觉到身下坚实的甲板，悬着的心踏实了。

突然，他想到了那只蝎子，他的手下意识地向上猛地一抓。他的手指梳理着头发，但头发里什么也没有。

他虚弱地一笑，说道："它在头盔里，你们会在头盔里找到它的。"

布雷克问："找到什么？"

"蝎子。"他又笑了，眼里噙着泪。

斯根克说："他由于眩晕而变糊涂了。"

布雷克博士把头盔翻过来往里看，什么也没有看到。

他对哈尔说："你很快会好的，那是幻觉。"

"我跟你说，那个头盔里确实有一只蝎子。它爬遍了我的脸，几乎要使我发狂。"

斯根克微笑着对布雷克博士说："当人们患了眩晕症时，确

3 头盔里的蝎子

实会想象出一些千奇百怪的事情。"他继续说,"不值得把毫无经验的人放下去,他们只会惹麻烦。"

布雷克严肃地点了点头。

"还有一件事,"哈尔说,"那些管、索没有拉紧,放得过多,缠到珊瑚上去了。我不知用了多长时间才把它松开理顺。"

布雷克脸上露出受了伤害的表情。他说:"哈尔,这条船上有一件事不能干,那就是当我们运气不佳时,就不要找借口,不要去指责他人。"

他的话使哈尔从眩晕中挣脱出来,他的头脑清醒了。

"我不知道自己在说什么,一定相当糟糕。我并不想制造借口。"他用一只胳膊支撑着自己,"但是,如果我找到把蝎子放入我头盔里的那个人,我会打得他灵魂出窍。"

"你的头盔里没有蝎子,"布雷克博士坚持说,"罗杰,帮我把这些东西放回去。"他们下去了,哈尔闭上了眼睛。

斯根克拿起头盔往里看了一下,发现里面什么也没有,他似乎也有点奇怪。

在头盔的壁上有几个通往送气软管的小孔。斯根克走到空气泵跟前猛打了几下,一股强劲的气流立刻吹进了头盔的气孔。

当他再拿起头盔时,蝎子就在那里。他把它扔进了大海。他把头盔放回甲板,吹着口哨走了。

4

水中呼吸器

布雷克和罗杰搬着水中呼吸器上来了。

"我想你对水中呼吸器很熟悉吧,英克罕姆。"布雷克说。

"当然,"他极有派头地一甩头说,"我用过水中呼吸器50多个小时了。"

"那你就可以教哈尔和罗杰了。"

哈尔做了个怪相。他最讨厌的就是被斯根克支使来支使去。

英克罕姆挺起胸脯就像个凸胸的鸽子。他用一种命令的腔调喊着:"好吧,伙计们,跟着我学。我们先来戴上鸭脚板和面罩,再绑好加重腰带,现在该呼吸器了。"

他拿起呼吸器抡到肩膀上,大容积的压缩空气罐背在背上,罐的上端紧挨他后颈的是气压安全阀,样子像一个闹钟。同安全阀相连的是一圈送气软管,长度正好是从嘴到阀门的距离,软管的前端安着一个接口管。

哈尔和罗杰装戴好水中呼吸器,罗杰咕哝了一句,因为压缩空气罐很重。

布雷克说:"下到水里你就不觉得了。它重14千克,不过在水里仅有两千克。"

斯根克命令道:"现在该用接口管了。你们把橡胶凸缘放在嘴唇后面,上下牙齿要紧紧咬住橡胶小片,你们会发现它就像通

4 水中呼吸器

气管的接口管,就像使用通气管一样,要用嘴呼吸。现在练习呼气。"

当罗杰试着吸气时,他的脸憋得发紫。

"吸气要猛,"斯根克指示着,"那样才能使水中呼吸器开始工作。"

很快他俩都呼吸得很自然了。从罐里出来的空气除了有轻微的橡胶气味外,完全像新鲜空气。

布雷克博士说:"我希望你们能意识到,你们背上的东西是一个多么了不起的奇迹。我敢说,也许除了潜水艇之外,水中呼吸器是潜水史上最伟大的发明,我们应该把它归功于法国的库斯托舰长[①]。自从人类的祖先数百万年前离开大海后,现在,人类又能回到大海而毫无陌生和不适之感。有这个东西,人类几乎可以像在陆地一样,在海底自由自在地到处活动。从某些方面来说甚至更容易些,因为有水支撑着,不受任何限制。没有沉重的潜水服,没有铜盔和铅靴,没有通到水面的管、索,不会有空气泵失灵……好吧,你们自己会看到的。"

哈尔移开接口管问道:"气罐里有多少气?"

布雷克正要回答,斯根克抢了先。已经指定了他当指导,他绝不允许别人替代,布雷克博士也不行。"在每平方厘米140千克的压力下,气罐有1.96立方米的气体,在水下一个小时是足够的。"斯根克扬扬自得于他的知识面。

"假如你不知道,一个小时已经过去了,而气却突然没有了,

[①] 库斯托舰长,法国海军军官和海洋勘探家,以广泛的海底调查著名。——译者注

33

怎么办？"

哈尔的这个问题还是向布雷克发问的，而斯根克又抢着回答：

"把手伸向背后，你会发现气罐旁边有个控制杆，按一下，你就会另有5分钟的气，这足够让你上到水面。"

罗杰问道："为什么上来要用5分钟呢？"

"因为，"斯根克扬起眉头，表示这个问题提得多么愚蠢，"假如你下得很深，大约30米，你就不能一下游到水面。一下子上来，你就要得潜涵病。你得在上来的过程中停两三次，让你的身体适应压力的变化。这些事情你搞不懂的。"

罗杰瞪了斯根克一眼："你很聪明，是不是？"

斯根克狠狠地回答："对付你还绰绰有余。"

罗杰正要回敬他，布雷克博士拦住了："够了，罗杰，不要顶嘴了。好了，你们都下水吧。"

兄弟俩越过船栏，沿着梯子下到水中。布雷克在他们的头没入水中之前对他们喊道：

"如果在水下看到什么有趣的东西，就带上来。"

哈尔观察了罗杰一会儿，他在大约3米深的地方，从他头顶冒出来的气泡说明他的呼吸正常。一会儿，哈尔就放心地像条鱼似的游开了。

哈尔觉得自己仿佛在空中飘。这种新鲜感使他很兴奋，他连斯根克也忘了。水中呼吸器和压重腰带的重量刚好使他不升也不降，他就这样悬在水中。

他稍微蹬一下鸭脚板，惊讶地发现，根本不用手他就能平稳

4 水中呼吸器

地往前游。

他转身向下,只蹬了几下就能迅速下降。他又转身向上,上升也同样快。他不蹬了,那股冲劲还把他带出去好远一段。

他竖直站在水里,脚下什么也没有。他可以像太空中的星星一样永远停在那里。他注意到只是在吸气时稍稍有所上升,呼气时,沉下去一点点。

这使他有了个想法。他深深地吸了一口气,马上就轻轻地升上去了。在到达水面之前,他呼出了肺中的空气,就又轻轻地、确切无疑地下降了。这个发现使他很兴奋。这就好像他有了一个自己的升降机,可升降自如,根本用不着伸臂动腿,要升要降,只需深呼吸就行。他的肺就是一个气球,可由他随意把自己带上带下。正常的呼吸保持着他肺中的空气量在同一水平,就差不多能让他静止在一个位置。

他懒洋洋地向下游,站在潟湖底上,漫步在珊瑚园里,他的心为这个奇迹而怦怦跳着。想想看,现在可以在海底自由行走了!

再也不用担心管子会缠在鹿角珊瑚上,因为根本没有管子。也用不着像条狗似的拴根皮带,被系在水面的什么东西上。他完全可以控制自己的行动,爱到哪里,就到哪里。

这和穿着潜水服是多么的不同!不用穿笨重的、使人窒息的橡胶潜水服,只是穿件游泳裤就行了。不用穿那厚重的靴子,只穿橡胶鸭脚板,那东西就像罗马神话中墨丘利神的翅膀。不用为上面有人万一停止送气而烦恼,因为他随身背着自己的供气设备。

他用一种在陆地上从未体验过的有弹性的步伐走动。水一直托着他,地球引力在这里几乎等于零。

当他被一块石头绊着时,他并没有倒,而仅仅是向前摆动了一下,马上就站稳了。他试着倒下来,但发现根本不可能。这对上面的世界来说是多么不可思议呀!在这个世界里,你永远不会摔跤!

他发现自己突然成了一个出色的杂技演员。稍一抬足,他就可以向上或向前移动一两米远。脚趾只要一点地,再落下来就是3米之外了。他联想到穿着7里格①长的大靴子的巨人,他得意地迈着大步,自己感到很开心。

一座像房子一样大的珊瑚峰耸立在他面前。他鼓足劲,一跃而起。真是奇迹中的奇迹——他越过了珊瑚峰,游过6米多高,到达另一边的海底。

他在学校时跳高很拿手,可他从未跳过这么高,从没超过1.5米。世界纪录也不过2.1米。如果能在陆地上跳这么高,世界冠军稳拿了。而那要耗费多大的精力才能达到呀!但是水下运动员能够毫不费力地跳过4倍于陆地的高度。

他来到一个深不见底的峡谷边缘上。峡谷的另一边在9米以外。哈尔奋力一跃,"嗖"的一下跨过了这可怕的深渊,像羽毛一样轻轻落在另一边的悬崖上。

当他从悬崖边上回头望着那黑黢黢的峡谷时,不禁打了个冷战。

---

① 里格:长度名。1 里格 = 3 海里。1 海里 = 1852 米。——译者注

4 水中呼吸器

但是他告诉自己，没有理由害怕。他吐出肺中的空气尽量使自己变重一些。然后，他鼓足勇气从悬崖边朝峡谷跳下去。

随着他在水中下沉，红色和黄色的太阳光逐渐变成蓝色，最后成了黑色。他的脚触到了峡谷底。这里奇冷，耳朵因压力而嗡嗡作响。他等了一会儿，以使眼睛适应这里的黑暗。

他可以看到旁边的珊瑚崖，上面有很多洞。他看到了几个细长的摇摇摆摆的东西，开始他以为是海草的卷须，后来才辨认出，这是一条大章鱼的触手。

这对哈尔来说太可怕了。他猛吸一口气，手脚并用，一跃而出，尽快逃出这个海底魔鬼的藏身之地。

突然上面有一个黑影向他游来，这时他还未游出峡谷。他抬头望去，看到了一条大鱼的轮廓。可能是鲨鱼——因为潟湖有许多鲨鱼，都是被抛锚的船只扔下的废物引来的。

那个影子在深谷上面摆出一副架势，停着不动。它是否在等他呢？它可以等很长一段时间呢！他停止了上升，耐心等着。

哈尔感到越来越冷，现在就不是那么好玩了。他没有估计到自己会在峡谷中被上面的鲨鱼和下面的章鱼夹在中间。章鱼会上来看看吗？他朝下看，可是无法看到那个 8 只手臂的怪物。

当他再次朝上看时，他发现那个影子已经朝他靠近了一点。现在他可以看得十分清楚，那是一条虎鲨。

他竭力安慰自己，心里想着那条鲨鱼并不真的对他感兴趣。但你很难搞清楚一条鲨要干什么，它可以完全不理睬你，或者它也可能只是为了好玩而咬掉你的一只胳膊或一条腿。从以往的海洋旅行中他知道，即使像黄鲨和角鲨这样的所谓无害的鲨鱼有时也会忘记规矩，咬上致命的一口。而虎鲨是这一家族中最凶恶的一种。

他看到，这条鲨鱼的体侧紧贴着两条䲟鱼，也叫吸盘鱼。它们靠吸盘吸附在鲨鱼的身上，就可以乘着鲨鱼到处跑了。鲨鱼弄到什么好吃的，吃剩的残渣漂到了后面，就成了它们的佳肴。

在鲨鱼鼻子前方是另外一种鱼。它身上有黑、黄相间的竖条纹，它就是领航鱼，也叫舟鲕。

它就游在鲨鱼的嘴边，鲨鱼很容易一口把它吞下去。但从未发生过这样的事情，因为领航鱼对鲨鱼实在太有用了。它的感官非常灵敏，经常是鲨鱼还没有发现食物，它就先发现了。小小的领航鱼总会把鲨鱼带向猎物，当然，不言而喻，它也可以从鲨鱼的美餐中得到一点残羹剩饭作为对自己服务的报偿。

哈尔不喜欢领航鱼，它一会儿冲下峡谷，一会儿又游向鲨鱼，回到峡谷口。

终于，鲨鱼懒洋洋地跟着它的小向导下去了。这次领航鱼没有在峡谷边上停留而是游下了峡谷，鲨鱼紧随其后。

哈尔知道现在该行动了，但朝哪里跑呢？他急切地寻找机会。

在他身旁的悬崖壁上有一些洞，这是珊瑚礁常见的现象。他选择了一个同自己身材大小差不多，而对大脑袋的鲨鱼却小得多的洞。他游进洞内，背上的气罐擦到了洞顶。

洞越往里越宽，他能够转过身来面向洞口。

很快，他就看见领航鱼带着鲨鱼逼向洞口。它在最后一刻闪避一旁，虎鲨上来了。哈尔看到一米多宽的大嘴逼向洞口，不由

4 水中呼吸器

自主地向后缩。假如鲨鱼冲破珊瑚礁闯进来怎么办?

洞口被鲨鱼完全堵上以后,洞内漆黑一片。哈尔忧心忡忡,不知所措。慢慢地他开始希望自己已经把鲨鱼难住了。

不过,正当他稍稍有些宽心的时候,突然觉得腿上被什么东西碰了一下。看来洞里还有什么东西同他做伴,可能是某种没有危险的鱼,也可能有危险。

突然洞里有了光线,鲨鱼后退了,至少暂时退了,但是它还在几米外的地方游荡。

5

巨鳗

哈尔环视了一下他那个庇护所的"墙壁"和洞顶,立即发现了有个东西在同他做伴。在离他左肘不远的裂缝中,两只难以形容的邪恶的眼睛,贼溜溜地朝外窥视着。眼睛下面是一张张开的嘴,长着像蟒蛇一样的牙齿,一排排向内弯曲约30厘米长。嘴的后方是鳃缝。

这绝不是鱼。地球上不可能有长着如此可怕眼睛的鱼。另外,其深绿色的皮肤同鱼的鳞状皮毫无相同之处。

哈尔知道,他盯着的是一条海鳗的眼睛。作为一个优秀的动物博物学家,他首先想到的不是自身的安全,而海鳗正是布雷克博士梦寐以求的一种标本。当然,如果对水族馆有点用处的话,就应该抓活的。

他既没有套索,也没有网,更没有麻醉药。他除了一双手外,什么也没有。而一条虎鲨就在洞口外面等着呢。

不过,也许可以利用这条海鳗赶走鲨鱼!海鳗是最令鲨鱼丧胆的天敌。即使鲨鱼比海鳗大几倍,但面对这绿色闪电般的海鳗,它也无法下口,只得任凭海鳗神速滚动、旋转,而束手无策。海鳗可以一口口撕掉鲨鱼柔软的下腹部,直至鲨鱼大出血,其他鲨鱼赶来,也只是把海鳗吃剩的鲨鱼吃得一干二净。

如果他能把海鳗带出洞外,他确信鲨鱼就会逃之夭夭。他必

5 巨鰻

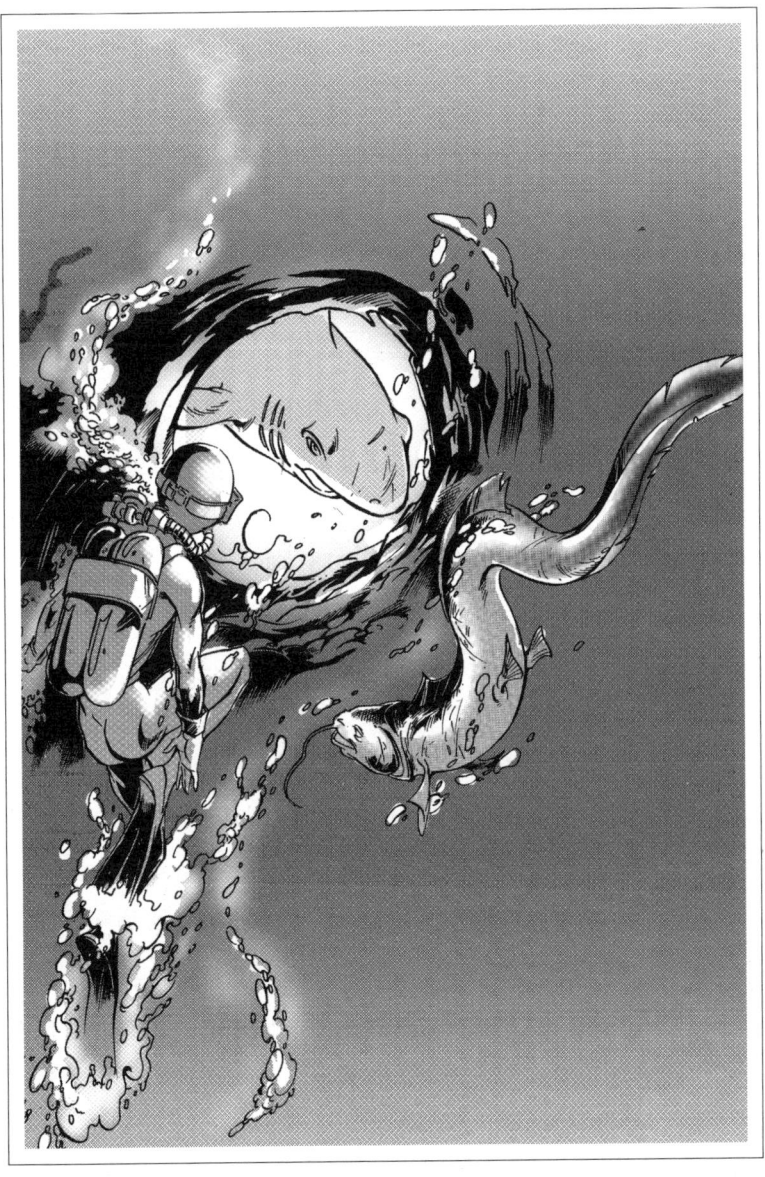

须抓住海鳗脑袋后面的部位，就像他通常抓蛇那样，但他从未这样抓过海鳗。那些鳃缝可以利用——如果他的手指能夹住鳃缝，他就能抓牢。

突然他的双手飞快地伸向海鳗的脖子，但海鳗比他的动作更快。有力的双腭已紧紧咬住哈尔的左手腕，锋利的牙齿扎进了他的皮肉，使他钻心似的疼痛。一小股哈尔的血从海鳗的嘴里流了出来。

鲨鱼被血腥味吸引，又一次把它的大头抵住了洞口，挡住了光线。哈尔想把胳膊抽回来，可海鳗的牙咬得更深了。

假如他一定要抽，他就会丢了胳膊。他得有耐心，假如这条海鳗和其他鳗的习性一样，那么，迟早它会为了咬得更紧而松松牙。在那一瞬间，他可以猛地一下把胳膊抽出来。

在这种情况下要沉住气可真是太难了。更糟的是，鲨鱼在血腥味的刺激下，开始用它那戴了头盔似的头猛撞洞口。一块块珊瑚礁落下来，洞口越来越大了。

情况突然发生了变化，鲨鱼离开洞口游走了。

哈尔往外一看，简直恨不得把鲨鱼叫回来才好，只见它径直朝着正在峡谷口漂过的罗杰和斯根克冲去。

斯根克一转身看见冲过来的鲨鱼，但并没有警告罗杰，而是让他听天由命，自己却全速冲向梯子，爬上了安全的甲板。

被斯根克的行动弄得莫名其妙的罗杰向四周一望，才发现在大约三四米之外的鲨鱼。哈尔担心着罗杰，可他还得一动不动地把手腕留在海鳗的嘴里。他祈祷着这庞然大物会认为它嘴里的东西已经死了而张一下嘴，以便能把嘴里的东西咬得更紧一些。

5 巨鳗

在这紧张的时刻，布雷克博士手里拿着一把鲨鱼刀潜下水来。这是个勇敢的行动，哈尔很清楚，布雷克所冒的风险与他成功的希望之比是100∶1。

他的小兄弟怎么不游回船呢？布雷克已指着舷梯向他示意。但罗杰不肯像斯根克抛弃自己一样扔下布雷克不管。他从腰带上取出刀子，转身和布雷克一起面向鲨鱼。

除非哈尔能采取行动，否则他们俩都必死无疑。如果他们俩向船退却，鲨鱼就会紧追不放。他们唯一的办法就是对着鲨鱼游过去把它吓跑。他们开始采取行动了。有时候这办法也真能把鲨鱼吓跑。

可这次不起作用。当他们游过来时，鲨鱼原地不动。它只是懒洋洋地张嘴打了个哈欠，它的口腔大得可以一口吞下它的两个敌手。

哈尔曾经感到发冷，可现在他似乎觉得浑身的毛孔都在流汗。左臂一动不动像死的一样，这需要多大的勇气啊！忽然，他觉得海鳗的嘴巴松了一下，但他还是没有动他的胳膊，他就让它平放着像死东西一样。

突然，海鳗的嘴张开了，但又马上闪电般地合上。可这一次哈尔比它还快，当它的大嘴毫无用处的"吧嗒"一声合上的时候，他的双手已经抱住了海鳗的脖子，手指头插进了它的鳃缝。

顿时洞里大乱，海鳗狂乱地上下翻滚，尾巴拍打着哈尔的腿。海鳗的尾巴打一下的力量就跟抡大锤一样，会把人的腿打断。

可现在海鳗的最大愿望是从洞中逃出去，而这正合哈尔的意。共同的动机使他们一起冲出了洞口，进入了峡谷内蓝色的深渊。

哈尔紧抓着海鳗的喉咙，双腿夹着海鳗，就像骑马一样。他向上扳着海鳗的头，所以，它只好向鲨鱼冲去。

大虎鲨正慢慢地绕着两个持刀人兜圈子，等待机会进一步逼上去。鲨鱼一般都近视，所以它发现海鳗时离它只有30米了。它尾巴猛地一甩，闪电般地逃跑了。解除了危险的布雷克和罗杰十分惊讶。

当他们看清吓走了鲨鱼的东西时，他们更惊奇了。一条海鳗，背上背着一个"火星人"从他们身边冲过，撞上了舷梯，哈尔用一条腿钩住了梯子的横档。

布雷克和罗杰马上过来帮忙。布雷克博士爬上了甲板，拿了个套索，下水套住了海鳗的头。哈尔始终紧抓着海鳗的喉咙，而布雷克和罗杰，在奥默和艾克船长的帮助下，把拼命挣扎的怪物拖上了甲板，扔进了盛满水的标本水槽。

这时人们注意到斯根克远远地站在没有危险的地方。

海鳗像条海里的巨蟒在水槽里上下翻腾，弄得水花四溅。布雷克博士欣喜万分，叫道："它差不多有3米长，等着瞧他们在研究院里看到这条海鳗时的样子吧。哈尔，你真棒！"他的手落到了哈尔的肩膀上，这时他才注意到哈尔的手腕在流血。

他忙喊："奥默，快拿急救药箱来。"

奥默不用人叫已经一手提着一罐热水，一手端着各种各样的药和绷带跑来了。

他帮哈尔脱下了潜水用具，然后清洗了他的胳膊。他把嘴对

5 巨鳗

准最深的伤口吸出了毒液,然后给他抹上碘酒包扎好。

哈尔说:"布雷克博士,谢谢你刚才下水相救。"

"哦,"布雷克说,"一看见英克罕姆瞪着眼爬上船,我就知道你们遇到麻烦了。对了,英克罕姆在哪里?"

这时,英克罕姆从主桅杆后面转了出来。

布雷克轻蔑地对他说:"现在安全了,你可以出来了,英克罕姆。"

英克罕姆愠怒地问:"你这是什么意思?"

"我是说有些事你得解释一下。"

"没什么好说的。鲨鱼来了,我警告了那个孩子,可他吓坏了,动弹不得。我想把他拉回船……"

"这一切你看到了没有?"布雷克问哈尔。

"我看得一清二楚,他扯谎。他根本没有警告罗杰,转身就逃回船上。"

布雷克说:"我猜就是这样。你是个懦夫,英克罕姆。"

斯根克勃然大怒,横眉怒目咆哮着说:"我不要任何人教训我。布雷克,你站出来,是时候了。我要教训教训你,应该有点教养。"

布雷克站起身来,他朝斯根克走去,但哈尔拦住了他。

"等一等,"哈尔说,"假如你把他打垮,我就没事干了。而且,毕竟是因为我的弟弟他才发火的。此外,我还有一笔账要和他算。我一直觉得是他把蝎子放在我的头盔里的。"

斯根克大笑。

"你猜对了!我恨不得它要了你的命才好呢!"

一直坐在甲板上的哈尔正要站起来,斯根克就一脚踢在他脸上,他一下子滚到远处的栏杆边。

这一下哈尔全身都来劲了。他像只野猫一样一跃而起跳上吊杆,从这个高位,他像一颗飞出的炮弹,一下击中斯根克的肩膀。斯根克被压倒在甲板上,但他蠕动着,像条蛇似的又翻转过来压在他对手的身上。然后他揪住哈尔的头发,不停地把哈尔的头往铁柱上撞。

虽然被撞得头发昏,哈尔还是挣扎着站了起来,朝着敌手的中腹部就是一拳。

斯根克被打得弯了腰,像把大折刀。哈尔突然想出个点子。在斯根克还没来得及伸直腰之前,他已跳上了横放在标本槽上的木板。那条愤怒的海鳗就在槽里。

"来呀,"他向斯根克发出挑战,"谁输谁喂鳗鱼。"

斯根克犹豫了,他直瞪瞪的眼睛从哈尔身上转到那蛇一样的怪物身上,又从怪物身上转到哈尔身上。那条海鳗搅动着水槽的水,不停地朝上蹿,长着利齿的血盆大口对着哈尔站立的木板。

布雷克博士笑了,这笑声激怒了斯根克。他跳上了木板,狂怒地打出一拳,哈尔差一点掉进水槽。

两个人扭成一团,都想把对方掀翻扔到水槽里。下面水中的海鳗越来越兴奋。它发狂地越蹿越高,大嘴巴一次比一次更接近两个打得难分难解的身体。

像章鱼一样,海鳗的性情变化无常。有时它胆怯、退却,但是一旦被激怒,它就像一个狂暴的魔鬼。现在掉进水槽里会有什么下场,最好别去想。

5 巨鳗

斯根克脚下一钩,哈尔摔倒在木板上,脚悬在一边,头在另一边。当海鳗扑过来时,他忙把脚抬高。然而海鳗又扑向另一边,蹿出水咬他的脸,好险!只差一点点!

斯根克故意踩住哈尔的头,把他的头压低到海鳗的毒牙可触及的距离之内。哈尔回手抓住了斯根克的脚踝,使劲一扭,斯根克失去了平衡,他可怕地大叫一声,掉进了水槽里。

哈尔马上意识到自己做了什么,狂暴的海鳗会要了斯根克的命。现在它的绿色的头伸出水面,邪恶的眼睛闪闪发光,准备冲向斯根克。

正当海鳗向前冲时,哈尔滑下了木板进了水槽。当海鳗从他身边滑过时,他抓住了它的喉咙,自己也被它带着向前冲去。他拼命把海鳗的头扭向一边,好让斯根克有机会逃出水槽。

哈尔得到了来自布雷克博士意想不到的帮助。博士拿来了一根长杆子,挂着一张网,他一下子网住了海鳗的头。强壮的海鳗开始把网撕成碎片。但总算赢得了时间,奥默和艾克船长把尖叫的斯根克扯出水槽。哈尔也爬到了安全的地方。布雷克博士收起了破网。

斯根克又气又怒,躺在甲板上又哭又嚷。可一会儿当他发现自己毫无危险的时候,他又恢复了原来的傲慢。他落汤鸡似的站起身来,对哈尔摇晃着拳头。

"你要偿还的,"他哑着喉咙说,"等着吧!"他又转身对着布雷克大吼:"你会后悔你这一辈子碰上我的!"

"我现在就有这种预感了。"布雷克说。

"你认为你是这条船上的主人,"斯根克鼻子里哼了一声,

"你觉得你能把我吆来喝去，让我潜水去找标本、探沉船、找宝物，都为了你！是的，我是要做这些事的，不过，那是为我自己。假如能发现珍宝，那也是我的。这全套的设备，我当管事的。至于你布雷克，我已经给你算过命了，你将遭厄运，厄运！"

布雷克笑了起来，"那可得快一点，"他说，"因为你下一班飞机就要起飞了，非常遗憾的是一个星期之后才会有飞机。"

"一个星期足够实行我的计划了。"斯根克一边大喊大叫，一边摇摇摆摆地下了底舱。

布雷克摇摇头："我真看错了他啊！能让他上飞机走了就好了。"

艾克船长饱经风霜的脸上显出忧虑的表情："他威胁说要你的命，要是我是你的话，我今天就解雇他，在飞机来之前，他可以在基地等。"

"胡扯，"布雷克毫不在乎地说，"他并不完全是那个意思。哈尔已把他吓得魂不附体，因此，现在他只有说大话来试图挽回面子，我并不害怕他。另外，我们也需要他。"

艾克船长无可奈何地把手一挥，说道："这是你的事。"他嘟哝着回去干他的活去了。

6 潟湖奇观

布雷克不允许让吵架影响探险活动。很快这些男孩子们又下水了,这次布雷克博士同他们在一起。

穿戴好水中呼吸器,他们下潜到潟湖湖床的另一块地方。在这里他们站在一片高达 15 米的巨大海草林中,这些海草杨树般婀娜多姿,水流使它们来回漂动,就像风吹过一般。

这一神奇世界的鸟儿和蝴蝶在这些树的顶上穿梭飞行。蝴蝶鱼展开巨大的翅膀,真是名副其实的蝴蝶;飞绿鳍鱼和飞鱼这两种鱼无论在水中,还是在空气中都可以同样自如地翱翔;披绿挂金的鹦嘴鱼长着鹦鹉一样的腭;背鳍如帆的东方旗鱼背负着蓝色的帆,游动起来就像在海底的微风中飘动。扁鲛,也叫天使鱼,在蔚蓝的天空展翅飞翔。它们并不是穿着天使们喜欢的白衣,而是黄色、蓝色、红色和黑色,光彩夺目。

在这个天堂里还有海马。海马用尾巴缠住海草茎而栖身于枝条之间,或者扇动其极小的透明的翅膀,径直从一棵树游向另一棵树。

海底并不逊色,它像一个长满珍花奇树的大花园。树木并不都像陆地上一样呈绿色,而是闪耀着各种你能够想象出来的颜色,还有许多颜色你根本想象不出来。大约有 100 种优雅的颜色根本叫不出名字。也难怪,既然陆地上不存在这些颜色,它们怎么可能有名字呢?

那些看起来像植物的东西摸起来却硬邦邦的,因为它们大部分是珊瑚。这个是皇冠珊瑚,无论哪个国王戴上它都会引以自豪;杯状珊瑚看上去就像一个金黄色的高脚杯;网状珊瑚看上去就像蜘蛛网一样脆弱,但却是顽石构成的;皮革珊瑚就像旧马鞍;风琴管珊瑚整齐地列队站着;长长的海鞭扬来扬去。他们格外小心不去碰绚丽的大珊瑚,碰碰它你就会长荨麻疹一样的疹子。

布雷克博士停在一个大海葵旁边,它看起来像个大菊花,只不过它的几十个粉红色的触角不像花瓣一样静止不动,而是不停地摇动着找寻食物。

假如鱼或一只虾擦过这些触角,会发生一些非常奇怪的事。每个触角都会甩出一些像套索一样的细绒抓住牺牲品,用毒物使它麻痹,然后触角就会把这个美味送到嘴里。

但是这些触角中间游动着一些细小的小丑鱼,它们似乎一点也不怕这些带刺的套索。看上去就好像它们和海葵是挚友一样。它们靠近海葵张开的嘴巴游过来游过去,一点事也没有。

这些猎手们每人腰里都塞着一张没有杆子的网。布雷克博士取下他的网,网住了海葵,把它从珊瑚石上扯了下来。他带着海葵向上游去,招呼其他人都跟着。到了甲板上,他把这海底之花移栽到一个水槽里。

3条在海葵嘴里栖息的小丑鱼马上出现了,在触角中间游来荡去。

罗杰说:"海葵要是饿了,它可以先吃了这些小鱼。"

6 潟湖奇观

布雷克笑了:"不管怎么饿,它都不会这样干的。"

罗杰难以相信:"为什么呢?"

"我来告诉你,拿些蚯蚓来。"

罗杰从饵箱拿来一盒又肥又湿的蚯蚓。布雷克博士把一条蚯蚓丢进离海葵很远的水槽的一头。

一条小丑鱼立刻游向蚯蚓,把它咬到嘴里。但它并不独吞这美味佳肴,而是游回去把这美餐送给海葵。海葵用触角抓住蚯蚓,分泌出毒液立刻使蚯蚓停止了蠕动,很快送进了自己的嘴里。

罗杰问道:"那小丑鱼得到了什么呢?"

"你会看到的。"

不久,带来蚯蚓的小丑鱼消失在海葵的嘴里了。

"小丑鱼喜欢它的食物先被消化一下。它直接进到海葵的胃里,在胃里,海葵的食物被胃液分解。小丑鱼愿意吃多少就吃多少。"

"那小丑鱼不是也会被消化吗?"

"不会的。它会像进去时一样,再欢快地跑出来。你看,它出来了。"小丑鱼满意地出来了,安然无恙。

"现在注意看其他的小丑鱼。"布雷克提醒大家。另两条小丑鱼在触角边缘上啃来啃去。"它们在清洗脏东西和寄生虫,使海葵阿姨保持健康。它们甚至给海葵提供通风设备,它们的鳍扇来扇去改变和纯净触角之间的海水。"

哈尔说:"它们就像领航鱼和鲨鱼一样互相帮忙。"

"对!还有很多其他类似的情况。海鳗有一个小伙伴可以进入它的嘴里；石斑鱼有一个清除其寄生虫的'仆人'；有时你可以看到鹦嘴鱼直立在水中，让一些小鱼清洗它的鳞；你们可能都知道鳄鱼是怎样让鳄鸟进入嘴中从腭间清除蚂蟥和其他寄生虫的。大自然充满了互助合作的例子，这给人类上了很好的一课，对吗？"他对斯根克微笑着。

但斯根克丝毫不想接受任何友好的表示。"这算什么。"斯根克嘟哝着。

"你想说它是什么，它就是什么，英克罕姆。你不能和其他人友好相处，这会把你的生活搞得一塌糊涂，我不想看见这样的事情发生。现在让我们回到海里去吧，今天我希望每个人都带点有趣的东西上来。"

他们又下到海底森林，哈尔马上发现了一件有趣的东西，这是一条好像没有身体的鱼，似乎除了一个大方头和两只鼓眼睛外什么也没有，后脑勺上有一个小尾巴。

它移动得很慢，哈尔用手就能抓住它。可是一件绝妙的事情发生了。鱼开始大口大口吞水，每吞一口水，身体就变大一点，像气球一样胀起来。哈尔得用两只手才能抓住这个胀起的球。

他感到手像是被针扎了。他看到在这之前它贴着身子的背鳍就像针鲀身上的刺一样朝各个方向扎开。

他记得曾在博物馆见过这种东西，这就是密斑刺鲀。他的手再也抓不住它了。他急忙掏出网子，把本来是个薄饼现在成了足球的这个东西装进网里，带出水面。

再次下水后，他看到完全不同类型的另一件奇特的事情。开始他认为这仅仅是反光或影子，因为那个东西很透明，可以透过

6 潟湖奇观

它看到下面的东西。它是一个大家伙,有两米宽,在湖床上随水流移动,但他不知道这是什么。后来才从布雷克博士那里了解到,这是巨型海蜇。

它一会儿是暗白色,就像脏玻璃窗一样,然后它又呈现出水彩般的颜色,黄色,绿色,粉红色。

看上去你可以用指头戳穿它。当他触到那个东西时,它射出许多黏糊糊的线粘住了他的手。他把手缩回,想在沙地上搓干净,那黏糊糊的东西却搓不掉。

哈尔的网子太小了,网不住这个大家伙。他上船去,拿了一个大网子再下来的时候,那个东西吞食了一些小鱼。他清晰地看到这些小鱼在这个大家伙的胃里扑腾着。

这对于任何动物园或实验室来说都是求之不得的新鲜东西,哈尔很容易地把它套进了网子。它看上去既轻又飘,神秘莫测。可是当他把这家伙拉上水面,才发现原来它还挺重。在奥默的帮助下才把它扯到甲板上,投入水槽。

布雷克博士拖着一个巨大的海绵动物上来了。它足有两米长。

"我不知道它们变得那样大。"哈尔说。

"大多数种类不会。不过这是一个非常特别的品种,配得上海王这样的称号。它就是以海王命名的,叫海王角。我想那是因为它的形状像一个巨大的号角。"

"你看到我的捕获物了吗?"哈尔指着装着海蜥蜴的水槽说。

布雷克往里看了一下:"可是这个水槽是空的。"

哈尔笑了,说:"再看看,那个角的正下方。"

布雷克用手遮着眼睛挡着光看着。"我要……哎呀,是海蜥蜴!你知道这可是一个非常稀有的标本吗?这是我看到的第一个活着的海蜥蜴。祝贺你,哈尔,你确确实实是动物方面的专家。我希望有一打像你这样的人。"

与此同时,罗杰遇到了麻烦。这是斯根克在捣鬼。

他们站在潟湖湖床一群珊瑚旁边,罗杰正从更富有经验的收集者斯根克那里接受指示。

斯根克点出最好的珊瑚,于是罗杰就把它放进网子。一个柳珊瑚被摘下来,接着是一个蘑菇珊瑚,随后是一个星状珊瑚。

然后斯根克指着一个红灰相间的东西,这个东西看上去很像周围的珊瑚岩。罗杰伸手去拿,但是某种本能使他在最后一刻缩回了手。

他凑近看看,这东西一动不动,就像一块粗糙的石头上长满了杂草。大约有30厘米长,一端有一个洞。

斯根克做手势示意他去拿,但是罗杰并不像斯根克想象的那样无知。他看到过这种东西的照片,并吃惊地听过这一带岛屿上的土著人谈到过它。在海里他们最害怕的就是这种动物。

这就是石鱼。之所以这样称呼,是因为它很像一块石头,看上去毫无危险,但是如果罗杰用手触到它的话,其背脊上的13根刺就会刺进他的皮肉,每根刺上都有两个毒腺。

毒液像眼镜蛇毒那样剧烈,像食人生番的箭毒一样致命。

他的肉会很快变成深蓝色,3小时之内他的手臂就会肿至肩膀,10小时之内他就会说胡话并发高烧。

石鱼的受害者承受如此巨大的痛苦,以致他们想砍掉自己的

6 潟湖奇观

四肢,他们丧失理智,攻击任何走近他们的人。许多受害者在12小时之内就会丧命,肌肉因疼痛而抽筋扭曲,面容变形,连他们的朋友也很难认出他们。

波利尼西亚人把这种动物叫"等待者"。岛上的法国移民给它取了一个更可怕的名字叫"死神"。甚至科学家在描述它时也无法保持镇静,管它叫"恶魔"。罗杰首先想到的是绝对不要惹它。不过,他要是能把它抓上去又不被它刺中,就是一个很好的标本。

他把一条折断的管状珊瑚当作棍子,把石鱼捅到一片空沙地上。然后他把它兜进装有珊瑚的网子里。这条被捕获的鱼拼命挣扎,试图透过网眼逃出来,它的毒刺在网绳之间伸进伸出。

罗杰提起网子,斯根克因惧怕被毒刺触中而仓皇后退。他把鸭脚板猛一蹬,就在海林中消失了。

但是罗杰并未带着他的猎物立即浮出水面,因为他注意到另外一种东西。这是一个有一条小尾巴的扁圆的东西,它躺在海底几乎被沙埋着。

"一条刺鳐。"罗杰想。并开始寻找刺鳐身体和尾巴连接处的毒钩。

可是没有钩,那这一定是一种无害的刺鳐。

他从腰带上取出第二个网,他想抓住它的尾巴把它丢进网里。

可是当他摸到它的尾巴时,他受到了猛烈的电击。这东西一定是一条电刺鳐。这种鱼身上有一个"电池"可以放电并蓄电,它可以随意控制身上的电流。它的一击可使一条相当大的鱼瘫痪，甚至死亡，但对人并不致命。

罗杰只是轻轻地触了一下它的尾巴，但这就像许多针扎进了他的手一样。现在虽然针扎的感觉已经消失，他的手和胳膊仍然感到麻木。现在他明白了为什么电刺鳐会有另一个俗名——麻鱼。

他巧妙地把这条刺鳐投进第二个网内。

他正要带着两个网子上去时，突然他想到一个恶作剧的点子。他想到斯根克企图对他耍弄的可怕的诡计。该好好地吓一吓那个家伙，罗杰认为他可以得手。

他把装着石鱼和珊瑚的网子留下，等一会儿再拿。手里拿着装有电刺鳐的网子，让它同自己的身体保持一定的距离，他去找斯根克。

在一棵巨大的菌状珊瑚后面他找到了斯根克，他正弯着腰撅着屁股在探珊瑚礁上的洞穴。

罗杰从他身后渐渐逼近，斯根克没有发觉。罗杰对着他游泳裤下边的大腿部位使劲把手里的电鳐挥过去。

斯根克马上直起腰来，大叫一声，连接口管也丢了。他捂着大腿掉头看了一下，看到了罗杰和那只网子，就认为网子里装的就是那条致命的石鱼，他疯狂地朝水面游去。罗杰紧追不舍，用电鳐在他那急速划动的腿上，又是重重的一击。

听到"救命！救命！我被暗算了"的拼命喊叫声，哈尔和布雷克博士大吃一惊，急忙跳到船栏边。他们看到快吓疯了的斯根克紧靠着舷梯，吐着海水，叫喊着被一条石鱼刺了。

他们把他拉了上来，他又叫又扭，一屁股坐在甲板的一堆东西上。罗杰攀上了甲板，但不让其他人看见他的网子和网中

6 潟湖奇观

之物。

"赶快!"斯根克尖叫着,"快把我送进医院,我快死了!那小子,他用石鱼扎我。"

他紧紧抓住自己的大腿,大叫:"我疼得要发疯了,我现在就疯了!"

布雷克博士拉开他紧紧抓住大腿的手:"让我看看。"他仔细检查了那个部位:"没有任何蜇过的迹象,肉也未变蓝。你的判断是否有误?"

"你巴不得我赶快死!"斯根克高声喊叫,"真的,快把我送进医院吧。哎呀,哎哟,疼啊!我受不了啦!"他像小孩一样又哭又闹。

"镇静,"布雷克博士说,"你想想,你是真的感觉疼呢,还是只是想象着疼?"

"那小子想害我,我帮他抓到了一条石鱼,而他竟拿它刺我。我活的时间不长了,我现在神志不清了。"他开始在甲板上爬来爬去。

布雷克博士抓住他的肩膀,拉住他坐好,猛烈地摇着他。"清醒清醒吧,英克罕姆!现在告诉我,你是否真的感觉到什么?"

斯根克脸上露出迷惑不解的神色。他把手放到身后摸着,"啊,"他辩解说,"当他刺来时,我感觉到了,就像数不清的针扎一样。可是,"他显得更糊涂了,"我想,随后我并不真的感到疼痛。"说到这里,他脸上又现出新的恐惧的表情。"但是你们知道这意味着什么吗?我麻木了,这就是为什么我没有感觉。"他试着活动他的腿,"看到了吗?从屁股往下都是麻木的,什么感觉也没有。"

"这样来一下也感觉不到吗?"布雷克博士在他的大腿上狠狠地拧了一下。

"什么也感觉不到。"

现在该轮到布雷克博士担心了。他看着罗杰,他手上拿着网子,藏在身后。

"这是怎么回事,罗杰?"

"他说对了,确实有一条石鱼……"罗杰说。

"你们听到了吧?"斯根克嚷道,"那么,好吧,你们是把我赶紧送往医院,还是要我死在这里呢?"

"他想要我用手抓石鱼,"罗杰继续说,"我把它装进网子里了。随后,我把这个东西装进另一个网子。"他把电鲼拿给大家看:"我用这个东西轻轻碰了他一下,他就以为被石鱼咬了。他完全吓坏了,他向上游的时候连距他3米以内的一条大鲨鱼都没注意到。"

斯根克摇摇晃晃站起身来朝罗杰扑去。"你感到很开心,是吗?现在我也来开开心。我要把你扯成两半,高兴高兴。"但他的腿不听使唤,"扑通"一声倒在甲板上。"我瘫痪了。"他哀号着。

"麻木感几分钟就会消失的,"布雷克博士说,"别怪罗杰,这是你自找的。事实上你受到的惩罚应该加倍。"他从罗杰手里拿过网子,把电鲼举起来看个究竟,"这是上品,这里有个水槽刚好可以把它放进去。"

6 潟湖奇观

罗杰又下了水,一会儿就把第二个网拿来了。布雷克博士对这条石鱼非常满意。"这种鱼有很多种,这是最稀有的。"他说。

罗杰说:"那条鲨鱼还在那里荡来荡去。瞧,来了!"两只鳍在离船20米的地方划出水面,鲨鱼那蓝色石板般的背清晰可见。

"很像一条灰鲭鲨,"布雷克说,"如果我们不打扰它,它一般是不会找麻烦的。我不要这条鲨鱼。但是有一样东西我想要——那只海龟。它是玳瑁,是个美人。"

那只海龟在距右舷前首不远的地方懒洋洋地游着。

哈尔准备跳下去。"跟着它游毫无用处,"布雷克说,"它游得比我们快,只要它愿意,它可以游得比大多数鱼快。"

罗杰问:"用摩托艇可以抓住它吗?"

"不行。它会潜下去,无法抓到它。我想我们不得不放弃它。"

奥默停下手中铰接升降索的工作,有点腼腆地走向前来。他是一个出色的潜水员,但这次探险中,他只是水手和厨师,而其他人负责潜水。

"如果你们不介意的话,我来试试,"他说,"也许我可以为你抓住这只海龟。我们这些岛上的人有一种办法。"

"这块地方全是你们的,"布雷克说,"请吧。"

"首先我去拜访一下那条鲨鱼。"

没有戴通气管和水中呼吸器,奥默无声无息滑入潟湖向深处游去。他们看到他棕色的身体从鲨鱼下面经过。突然鲨鱼的尾巴受惊似的一摆,就游走了。奥默手里拿着一件东西返回船,攀上甲板。

他拿着一条鲫鱼,它头顶上是个扁平的吸盘,它就用这来吸住鲨鱼,鲫鱼可以很容易地吸住某些种类的鱼,或者吸住一只海龟。

奥默把绳子的一端穿过这条鱼的鳃和嘴拴紧。随后他走向船首,定出海龟的位置,现在海龟离船大约20米,而且越来越远。奥默把绳子空着的一端紧紧拴在船栏上。他把这条鲫鱼用力朝远处投去,落在仅离海龟几米的地方。

鲫鱼在水中一动不动地躺着,好像在恢复知觉。然后鲫鱼径直朝玳瑁游去,紧贴在它巨大的胸甲上。

奥默开始轻轻地拉线,唯恐鲫鱼从甲壳上松开。但它却像胶水一样牢固地粘在龟壳上。这只海龟意识到出了麻烦,突然加速。它的鳍状肢徒劳地扑打着海水。

它企图下潜,奥默由着它,但是拉紧绳子。当海龟筋疲力尽时,他逐渐把它拉过来。

海龟在水面以下几米时,他们放下一张网。海龟在网里要尽了花招,但还是被吊上了甲板。

奥默微笑着,其他人欢呼着,只有绷着脸的斯根克例外。

"我每天都能学到新的东西!"布雷克博士惊喜地说,"我们以为有这些现代化的设备,就能干得很好,可是我们也能从这些从未见过通气管或水中呼吸器的海岛小伙子身上学到很多东西。"

7 鲨鱼危险吗

鲨鱼危险吗

那条灰鲭鲨不知何时又返回来,就待在距左舷正横几米的水下。

布雷克说:"希望它能走开。有它在周围游荡,进行潜水可有点危险。"

"可奥默抓鲫鱼时,它并未找麻烦。"哈尔说。

"奥默把它吓了一跳,而它又回来了。从它不停地摇动尾巴的方式来看,我认为它在生我们的气。这些灰鲭鲨可能是吃人的家伙。"

哈尔说:"我听到一位演讲者说过,所有的鲨鱼都是懦夫。"

布雷克笑着说:"或许他感觉非常安全,因为当时他脚下是相当坚实的讲台,舞台上又没有鲨鱼。即使鲨鱼是胆小鬼,但不要忘记,胆小鬼经常是恶棍。人类难道不是这样吗?我知道同一个勇敢的人比较起来,我更害怕一个胆小鬼。"

哈尔想到了斯根克,点点头。是的,斯根克就是一个很好的例子。虽然他是一个懦夫,但你必须随时提防他。正因为他是懦夫,才应该提防他。

"但我不同意说所有的鲨鱼都是胆小鬼。"布雷克博士继续说,"当一条鲨鱼饿极了或狂极了的时候,它会袭击比它自身大10倍的鲸。它甚至会同一艘大船较量。有很多鲨鱼把锋利的牙齿扎进船体的例子,有时甚至会搞沉船只。"

"我想总有一些鲨鱼要比其他鲨鱼更危险。"

"不错。鲨鱼的种类比猫多。那个说鲨鱼并不危险的学者可能只遇到过温文尔雅的一类。另外,甚至是最危险的种类也未必总是危险的。刚刚饱餐一顿的鲨鱼并无兴趣寻衅。吃饱了的虎鲨像小猫那样温驯。而饿极了时,它可是个相当可怕的家伙。就像人一样,鲨鱼也有感情。如果你走近它们,恰逢它们情绪不佳,那可要格外小心。"

布雷克博士用一个手指摸着右脚上一条可怕的伤疤。

"鲨鱼很像我们,它们也会犯错误。我之所以有这条伤疤是因为一条鲨鱼犯了个错误。它看到了我的脚就以为是一条鱼。任何闪烁的东西都会引起鲨鱼的兴趣。这就是为什么洛亚尔提岛上的居民潜水时要在脚掌上缠一块黑布的原因。脚掌和手心一般来说要比身体的其他部位亮一些。鲨鱼的视力不大好,它会咬任何发亮的东西,却并未意识到这不是它想要的东西。"

正在倾听的奥默说:"我不知道为什么,地方不同情况也不同。胡阿海因岛一带的鲨鱼从不伤人,而完全是同一种的鲨鱼在图阿莫图斯岛一带却伤人。"

"也许它们在第一个地方有很多东西吃,而在另一个地方却不够吃,"布雷克这样认为,"或者也可能胡阿海因人教训过鲨鱼,使它们怕人,而图阿莫图斯人却没有这样做。船长,你的意见呢?鲨鱼危险吗?"

艾克船长皱起多纹的面孔,牙齿紧咬着烟斗。

"我和鲨鱼打交道已40年了,"他说,"越了解它们,我就越

7 鲨鱼危险吗

不喜欢它们。你无法同鲨鱼交朋友。上次我在澳大利亚时，他们给我提供了一个数据：在那一带的海面，30年中有69人遇害，105人被咬伤，2只小船被咬沉，30只小船遭袭击。

"那里有人捕到一条据说是无害的双髻鲨，而当他把这条鲨鱼开膛时，却发现了一个人的头颅；就在波纳佩岛，就是这个岛的邻岛，人们捕到了一条白鲨。它的肚里有一袋钱，一个妇女和小孩的残骸。

"而这条灰鲭鲨……"艾克船长从船栏上盯着那个不吉祥的蓝灰色轮廓，"它是一个卑鄙的家伙！它的牙齿大似铁铲，利如刀片。它是大海中一种速度最快的鱼，而且是一个杰出的跳高健将！它有一个拿手的把戏，就是跳出水面4~6米高，'呼'的一下落到小船上，把小船砸个稀烂。"

他最后说："不，我绝不相信鲨鱼。有50%的可能它们会离你而去，而令你担心的正是另一个50%。"

那条灰鲭鲨仍在等着。午饭时间到了，大家都下去就餐。但当他们回到甲板时，那条鲨鱼还在那里。

布雷克皱着眉头说："也许它认为这是它自己的特别管区。那好吧，如果它不愿意走，那我们走吧。船长，我们到托尔岛碰碰运气。"

船长起锚，只用引擎，把船慢慢地开往潟湖西部10千米处。在那里他下锚10米。

没有看到鲨鱼。"相信我们把它甩掉了，"布雷克高兴地说，"这里的珊瑚结构很有意思，让我们看看能否照几张相。"

照相设备拿来，布雷克和哈尔仔细地检查了一下。哈尔是个热心的、有经验的摄影爱好者,但在海底照相对他却是第一次。

分别是装有彩色胶卷的 35 毫米的照相机,装有黑白胶卷的 $2\frac{1}{4} \times 2\frac{1}{4}$ 反光镜照相机和一部 16 毫米的摄影机。每一架照相机都装在一个铝盒里,铝盒有青铜接头,前边是玻璃。

干完手中的活,布雷克走到船栏看了一下。他叹了口气,因为就在五六米外,那条灰鲭鲨还在那里待着。它的头朝向船,珠子般的眼睛似乎在盯着布雷克,就像在挑战。

布雷克接受这一挑战,"好吧,老伙计,人们叫你吃人鲨,我们就来看看你是否配得上你的名字。"

他把他的助手们召集起来开会,"由于这个大家伙不愿意走开,那我们就用用它。研究院一直在研究鲨鱼的习性,我们可以通过研究这条鲨鱼做些贡献。我们刚才还在讨论这么一个问题,鲨鱼危险吗?这是找到答案的好机会,我们可以试验对付鲨鱼的办法。有些潜水人员把希望寄托在刀上,也有人说刀并不好,鲨鱼棒更好些。"

罗杰问:"什么叫鲨鱼棒?"

"就像警察的警棍。"

"那对鲨鱼有效吗?"

"可能吧,如果你打在它的鼻子上的话。它的鼻子极为敏感。有些人说你可以对着鲨鱼大声喊叫把它吓跑,还有些人相信气泡可以吓跑鲨鱼,也有些人认为这不过是胆量问题,鲨鱼可以分辨出你是否害怕。另外,还有一种醋酸铜。"

"什么东西?"

7 鲨鱼危险吗

"一种驱鲨剂。科学家发现鲨鱼不会碰一条已经腐烂的死鲨鱼。因此，他们从腐烂的鲨鱼肉中取出某种化学物质，同黑色的苯胺染料混合做成小饼，密封在防水袋中，把它粘在脚踝上。当你碰到鲨鱼时，把袋子撕开，小饼就会溶化。如果这种气味如期望的那样起作用，鲨鱼就会讨厌你而游走。"

斯根克讥讽道："我看你是打算舒舒服服待在甲板上而要我们下水，冒着生命危险进行这些愚蠢的试验吧。"

"不必担心，"布雷克回敬道，"我亲自做这种试验。我们必须对试验做好记录，而最好的记录就是摄影。我不会给任何人下命令去冒生命危险，不过，如果有人自告奋勇去摄影的话……"

"我来干！"哈尔突然插话，他害怕有人抢先。

"那我干点什么呢?!"罗杰抱怨道。

布雷克说："我倒希望你留在船上，这对小孩子来说可不是闹着玩的。"

但是罗杰拼命反对这种安排，布雷克只得让步。"那好吧，你可以参加，不过要待在安全的地方，要尽可能靠近船。把刀准备好，如果需要你，我们就发信号。英克罕姆可以和你待在一起。"

斯根克拉长了脸，他的目光扫向正等在那里的鲨鱼，脸色立刻变得苍白。但他还试图装出一副毫无惧色的样子。

"我最喜欢的莫过于单枪匹马同那条鲨鱼较量一番。不过我想这次我只好错过这种紧张而有趣的场面了。我的腿，你知道，仍然麻木，不能游泳。我不得不待在甲板上了。"

布雷克点头道："很抱歉，你的腿又在打搅你了。不过，当你从升降口下去吃午饭时,似乎没什么大碍。"

斯根克承认:"是的,不过你游泳时,用的是不同的肌肉,那些肌肉仍在瘫痪着。"

"可能你的神经瘫痪了,而不是你的肌肉。"布雷克提醒他。

斯根克刚要发火,就被拿着熊熊燃烧的乙炔火炬的奥默的出现打断了。火炬被调节得刚好适合水下作业。在其顶端装着一个护罩,护罩内压缩空气会形成延伸到火焰外面的气泡,以防水熄灭火焰。

哈尔问:"你到哪里去?"

"船长要我修修龙骨,金属部分被珊瑚峰顶碰断了,需要焊接一下。"

他从船舷边跳进水里,火炬仍在水下顽强地燃烧。奥默在船体下消失了。布雷克博士、哈尔和罗杰穿戴好面罩、鸭脚板、水中呼吸器和腰带,每一根腰带上都有一把带鞘的短刀,刀的旁边插着一根鲨鱼棒。醋酸铜的小包就拴在脚后跟上。

"不过我们首先要做其他试验,"布雷克建议,"在我发信号之前不要打开小包。"

他们从舷梯下到潟湖,布雷克慢慢向鲨鱼游去。哈尔身背摄影机紧跟着。

罗杰极不乐意地依照吩咐的那样,待在靠近船的地方。

他不喜欢被当作小孩子,他几乎像另外两人那样强壮,像他们一样也是游泳能手。他生着气,愤愤不平。他几乎希望会发生意外,他就可以冲过去参加救护。他抽出短刀,不耐烦地等着。

布雷克博士正在进行着他的试验。他首先试验如果毫无惧色

7 鲨鱼危险吗

直接向鲨鱼游去,鲨鱼就会退却这一理论。他开始朝灰鲭鲨游去,哈尔开始摄影。

灰鲭鲨对接近它的东西到了3米以内才给予注意。然后,它懒洋洋地摇动着尾巴躲向一边。

布雷克再一次前进,灰鲭鲨再一次让开了路,但没有第一次那么远。

第三次前进时,灰鲭鲨纹丝不动。布雷克停下,离鲨鱼的大口不到两米。

似乎证明了,至少就这一条鲨鱼而言,面对果敢的靠近,它会首先退却,但是不能依赖这种技巧把这个庞然大物吓跑。

离他所研究的对象那么近,布雷克极不自在。不过这可是试验气泡理论的良机。他深深吸了一口气,然后突然呼出来,大量气泡从他后颈的调节阀中升起。

也许这会吓坏较小的鱼,但灰鲭鲨一点也不在乎。它似乎就像布雷克研究它那样,它也在专心致志地研究布雷克。布雷克感到自己成了一个标本,而不是一个实验员。

布雷克开始游开。鲨鱼立即跟上来,它一直保持着大约两米的距离。这可叫人怪不舒服的。有些激动的布雷克用手和脚扑打着水,奋力游着。

立刻,鲨鱼开始靠近他。它显示出要袭击任何似乎受了伤或害怕的东西的本能。

布雷克抑制住恐惧,转身面对鲨鱼,威胁似的挥舞着手臂。

鲨鱼马上停下来,但是现在仅在一米开外。

布雷克试验另一理论。这就是鲨鱼更可能在水面或靠近水面的地方进行袭击。因为那是它可以发现大多数食物的地方——毫无反抗能力的鱼或快要死的鱼，从船上倾倒的垃圾，等等。在较深的地方，它会比较小心。

布雷克呼气，慢慢地沉入蓝绿色的深水之中，鲨鱼跟着他下去，但并不愿靠得太近。它开始以5~6米的距离围着他转。

突然，鲨鱼注意到接近水面的地方在摄影的哈尔，那只大尾巴有力地一击，身子就朝着摄影机的大玻璃眼睛扑去。

把一条逼近的鲨鱼摄入镜头，哈尔的心中交织着恐惧与刺激。鲨鱼逐渐靠近，显得越来越大，哈尔的手指继续按着键钮，胶片在摄影机中呼呼转动着。现在那个大头占满了整个画面。镜头中出现了一个大洞口，那是鲨鱼可怕的大嘴，露出成排的锋利雪白的铲子式的牙齿。

哈尔使尽全身力气用沉重的有金属外壳的相机朝这个畜生的鼻子猛击过去。

它立刻改变了方向，从哈尔身边冲过，其砂纸一般的皮擦破了他肩上的皮肤。

哈尔转身准备对付它的另一次攻击，这时布雷克也过来了，用鲨鱼棒在灰鲭鲨受伤的鼻子上响亮地一击，试验此棍棒的作用如何。

鲨鱼游走了，但马上带着一种更加拼命的情绪折回来。

罗杰再不能袖手旁观了。他抽出短刀游了过来，他无视哈尔示意他不要靠近的强烈手势。

鲨鱼看到了他，并朝他冲去。那张嘴就像油桶那样大。在最后一刻，罗杰猛地闪向一边，伸手抓住鲨鱼的右胸鳍，鲨鱼拖着

7 鲨鱼危险吗

他向前滑行。他一刀深深地扎进鲨鱼的白色下腹，鲜红的血液喷涌而出。

布雷克这时也抓着了另一胸鳍，他接连用刀深深扎进鲨鱼巨大的躯体之中。哈尔没有忘记自己作为摄影师的责任。他的摄影机一直嗒嗒响着，对着这难得的镜头。

漂散在水中的血腥味引来了一批不速之客。一批鲨鱼不知从何处而来，到处都是凶残、贪婪、嗜血的鲨鱼。

布雷克和罗杰急忙离开流血的灰鲭鲨，把它留给疯狂攻击它的鲨鱼伙伴们。粉红色的海水在它们巨大尾巴的拍击中沸腾着。

如果这些凶残的东西只把注意力集中在这受伤的灰鲭鲨身上，那就万事大吉。但是在兴奋之中，它们随时会袭击、撕咬任何东西。它们扑向了手持鲨鱼棒和匕首的布雷克和罗杰。他们手中的刀是可以致鲨鱼死命的。

布雷克扯开了捆在他脚踝上的小包，示意另外两个人也这样做。醋酸铜的黄色和水中血污的红色搅在了一起。

在一般情况下，醋酸铜的这种讨厌的气味也许能有效地阻止鲨鱼前进，可现在对这一群嗜血成性的暴徒来说丝毫没有作用。这群鲨鱼已激动到了顶点，不可能被一种不好闻的气味吓退。

3个游泳者一边小心地退向船，一边防着后边那些疯狂的野兽。它们中有灰鲭鲨、蓝鲨、白鲨和双髻鲨。它们都想把这些漂浮在血红的海水中的人类佳肴一口吞下肚。

到了舷梯跟前，布雷克一把抓住罗杰，想把他先推上去。

可罗杰两只脚还没来得及抬出水面，一条灰鲭鲨突然不顾一切地冲向这两条鱼一样的白东西。为了自卫，罗杰不得不重新下水。

斯根克斜靠在"快乐女士号"船栏上,满面笑容。他在开心地欣赏着这一惊险场面。布雷克招呼他下水帮忙,可他却幸灾乐祸地拒绝了。望着3个伙伴和死神搏斗,斯根克心中的欢愉程度,比任何一个古罗马竞技场的观众看着把人扔向狮子所感到的兴奋都要大得多。

可是当一条灰鲭鲨玩起它那拿手好戏,一跳足足有4米多高,然后又重重地落在船栏上,把船栏砸得粉碎时,斯根克神色大变了。鲨鱼的巨大身躯滑过甲板,擦掉了斯根克身上好大一块皮。

这一下可彻底治好了斯根克腿上弥留的麻木感。他像只长耳大野兔一样一跃而起,上了绳梯横索,爬上了桅楼守望台。在那里他蜷缩成一团,唯恐这些大海杂技演员会到这里光顾他。

布雷克和哈尔再次努力想把罗杰推上舷梯,可鲨鱼再一次打破了他们的计划,罗杰又一次掉进水里。

形势越来越险恶。3个游泳者已经精疲力竭,无计可施。情况不会持续很久了,哈尔甚至已经开始惋惜那些精彩的摄影胶片,它们都会沉入湖底,没人能够欣赏了。

罗杰下潜了一点,在那里他抬头一望,发现奥默正拿着乙炔火炬在船的那一边工作,一点也不知道这边出了什么事。

罗杰使劲划了几下,冲向奥默,劈手从这个吃惊的水手手中夺过乙炔火炬,然后手举着还喷火的家伙,游过龙骨,冲进了沸腾的鲨鱼群。

就像亚瑟王举着燃烧的魔剑,罗杰向他的敌人展开了进攻。

7 鲨鱼危险吗

3600摄氏度高温的火焰，可以烧熔钢铁，就是嗜血的鲨鱼也难以招架了。

一只大白鲨的头的一侧被烧了个澡盆大的洞，它挣扎着逃开了。一只蓝鲨在张开大嘴的时候失去了下巴。圆桌骑士的下一个目标是一条双髻鲨，结果它也丢了一只髻，摇摇摆摆地逃走了。

死亡火焰在上下左右飞舞着。狂暴的鲨鱼恢复了理智，忘记了血腥，在那个灼热匕首的威胁下它们什么都顾不上了，只顾得四散逃命。

布雷克和哈尔目瞪口呆地等候在舷梯脚下。鲨鱼无影无踪了。罗杰把火炬还给奥默，回到舷梯旁，他们一起上了甲板。船栏的两边横梁都断了。一处是那个鲨鱼上来时弄断的，一处是它滑进水中时碰断的。斯根克受惊吓的脸从桅楼守望台上往下窥望着。

3个斗士疲倦地跌坐在甲板上。哈尔小心翼翼地把摄影机放了下来。里边有至今仍然可见的最精彩的人鲨搏斗的镜头。

布雷克凝视着罗杰，就像从没有看到过他一样。"好孩子，"他说，"我得道歉没有把你当成主力。可你比我们都强。你的智慧把我们从死亡线上拉了回来。"

罗杰听到了赞扬，满面通红，他觉得他已经长大了。他们不会再认为他是小孩子，当进行有趣的活动时也不会再把他冷落在一边了。现在他是他们中的一员了。

8 铁人

"今天我们练习深海潜水,"布雷克第二天早上宣布,"我们要拍一些大约四五百米深处水中生物的彩色照片。"

看到大家对他的话格外吃惊,他笑了。

"我希望你要知道,"斯根克轻蔑地说,"水中呼吸器不能在超过100米的深处使用。"

"完全知道。我们不用水中呼吸器,我们要用铁人。"

布雷克给艾克船长和奥默下达了命令,他们移开了舱口盖,放下吊杆钢丝绳。马达绞车启动,钢丝绳开始在鼓轮上缠绕,从货舱里吊上来一个奇形怪状的由钢铁和玻璃构成的怪物。

它有一个大头和4只眼睛,滚圆的身躯使人想起肥胖圣诞老人的大肚皮。这家伙没有腿,但它有两只近两米长的钢臂,在每一只钢臂的顶端都有两个钢手指。

怪物被放到甲板上。这家伙似乎太重了,甲板在其重压下陷下去了一点。

布雷克说:"它几乎有两吨重,臂都是实心钢板,有5厘米厚。"

"为什么要这么厚呢?"罗杰问道。

"为了承受深处的巨大压力。"

哈尔以极大的兴趣研究着这一怪物:"你叫它潜水钟吗?"

"对了，不过这是最新式的一种。潜水钟有很长的历史。古希腊人就有一种原始的潜水钟，但是这种设备变得真正有效率还是本世纪的事。你们可能听说过威廉·毕比的深海球形潜水器，奥提斯·巴顿的球形深海潜水器以及皮卡德教授的深海潜望镜吧。

"但是所有这些器材的通病是它们只是个观察间。你可以进入观察间，下到水里，透过窗户进行观察，不过仅此而已。如果你看到了你想要的东西，你无法伸手去拿。如果你发现一条沉船，除了透过窗户观察外，你毫无办法。

"人们多次尝试给潜水钟安装臂和腿，但都不怎么成功。有一个叫罗玛诺的人发明了一个聪明的机器人，里希伯格中尉用它来搜寻沉船珍宝。在机器人的帮助下，他从古代沉船中捞出了珍宝。你们看到的这种设备是所有这些器材中最高级的。不过，只有试过才知道。"

哈尔检查着钢手指，它们又长又尖就像大鸟的爪子："臂如何操作呢？"

"是电动的，里面有一个操纵板，臂可向各个方向移动同时操纵钢爪。那些钢爪的动作就像老虎钳子，运转灵巧，可以拎起一个小硬币。一旦你熟悉了它们的性能，它们可以为你做你想象不到的事情。我曾看到过一位专家用铁人手指给钢丝绳打结的表演。它们不但可以做精细的工作，而且非常有力，可以移动大梁、舱盖，或装满金属的箱子。它们至少是最壮的人的手臂力气的 20 倍。"

布雷克绕到怪物身后开了一扇沉重的钢制活板门，一个直径

8 铁人

大约 50 厘米的圆洞露了出来。

"太小了,是吧?"哈尔提出疑问。

"对!但如果你先进一个肩膀,再进另一个的话,是可以进去的。"

他们张望了一下,里边黑乎乎的。头上有 4 个圆玻璃窗,从外面看,就是 4 只眼睛,从里边看不到上面和底下,但可以看到前后、左右的情况。这个圆顶上方不仅可以容得下一个人的头,如果想通过窗户拍照片的话,还容得下一架照相机。

在下面的拱形处,布雷克博士指给他们看用来控制臂和手指的开关板;用来照亮漆黑的大洋深处的聚光灯的其他开关;同水中呼吸器一样原理的供气罐;潜水员可经常同船上朋友保持联络的电话等。甚至还有一种小型电热器。

布雷克说:"电暖器是一个很必要的装置,在阳光照不到的深处是相当冷的。好吧,让我们到大海深处,试潜一次。"

"快乐女士号"从西边出口驶出潟湖,驶向辽阔的大洋,直到看到船体下面是深蓝色的海水,证明大海已经很深时,船才顶着风停下来。

布雷克博士匍匐钻进铁人里面,然后铁人被关上并闩紧。被关在里边的人开始测试各种器材。头戴耳机的哈尔听到了布雷克的声音:"电话机工作正常吗?"哈尔答道:"你的话我听得很清楚,布雷克博士。"

聚光灯一闪一灭,臂开始移动。在工作臂活动范围之内的罗杰,突然被两只工作臂抓住,就像一片羽毛一样被提了起来,接着又被放下了。

然后一只工作臂朝斯根克伸去。在这位大吃一惊的先生还没来得及躲开时,两个手指已把他腰带上的手帕夹走了。另一个手臂伸向甲板,捡起了一颗小钉子。

耳机中传来了布雷克兴奋的声音:"这东西太棒了。把我从船上吊下去吧。"

哈尔把指令传给启动绞车的艾克船长。内装血肉之躯的铁人从甲板升起两米,起重臂慢慢摆出船外,铁人下降到水面以下。船长停下了绞车。

哈尔问:"一切正常吗,漏不漏水?"

"一点也不漏,"声音从海中传来,"一切正常,下降。"

绞车再次启动,铁人下沉得看不见了。从附设在鼓轮上的一个装置可以看出钢丝绳放出了多少米:10米,20米,30米。

哈尔听到了布雷克的声音:"铁人工作正常,气压不变。我们刚刚遇到一群鲻,它们对铁人感到很好奇,都停下来对着窗户往里望。其中一条撞上了钢指离开了。现在光线暗了。我在多深的地方了?"

"100米。停下吧?"

"继续放到200米。"

放到200米时,艾克船长停下绞车。

哈尔对着话筒讲:"你在200米深处。你在那里看到了什么?"

"什么也看不到,漆黑一团,我要开聚光灯了。啊,好多了,周围有成百条鱼,不是我们在浅水层看到的那些鱼。铁人里面越来越冷了,我打开电热器了。"突然,布雷克急切地说:"快把我

8 铁人

扯上去！水从门里漏进来了。"

"绞起来！"哈尔喊了一声。他靠在船栏上焦急地望着海水深处。当然他什么也看不到，但这似乎使他更接近水下的布雷克博士。

绞车一点也没动。"绞起来！"哈尔又喊了一声，转过身来看是怎么回事。

斯根克在笨手笨脚地修理着绞车，艾克船长不见了。

"船长得离开一会儿，所以我接替他了。"斯根克说。

哈尔大怒："那好啊，快把他扯上来呀，潜水钟漏水了。"

斯根克慢声慢气地说："哎呀，这可有些不妙，可能得稍微耽搁一下，这东西出了点问题。"

"快点修好！"

"你以为我不是在这样做吗？"斯根克嘀咕着。

直到现在哈尔还是什么也没有怀疑。他对人类的本性太轻信了，根本不会怀疑斯根克竟然想淹死布雷克。是的，斯根克曾经诅咒过博士将不得好死，但他原以为那只是一个空洞的威胁，只是说大话。

"上面出什么事啦？"布雷克的声音从话筒里传来。

哈尔告诉他，绞车出了点小问题。

"快叫斯根克，他是一个很好的机械师。"

"斯根克正在修呢。"

"要他快一点，水已经有 20 厘米深了，而且进得越来越快。"

"赶快，赶快，"哈尔对斯根克喊道，"20 厘米深了，而且还在不停地进水，他要淹死了。"

斯根克不慌不忙地说："啊，我们不会让这样的事发生的，是不是？不要担心，10分钟以内我让绞车重新启动。"

"10分钟！你怎么不说10小时啊。"

布雷克显然已经听到了他们的对话，说："10分钟对我可不妙啊，这个家伙不到5分钟就会装满水了。"他的声音很平静、自然。

哈尔告诉斯根克："他5分钟就会淹死。"斯根克转过身去，哈尔看不见他的表情。但他觉得听到了斯根克一声低低的奸笑。

哈尔一把扯下耳机扔给罗杰，抽出刀子，跳到斯根克身后。斯根克正在绞车上弯着腰，他把刀尖顶着斯根克的光脊梁。

"别动，"他警告斯根克，"否则我就一刀捅了你。"

"你究竟……"

"我告诉你别动！我给你10秒钟修好绞车。以后每耽搁10秒钟，我这刀就多进一厘米。"

绞车开始动了。斯根克立起身，斥责哈尔说："你不必这样做的，你知道。真是一次愉快的巧合，你一来我就修好了。别自鸣得意，以为是你起了作用。"

哈尔感到不好意思。他还是不能相信斯根克精心策划了一次残酷的谋杀，他尴尬地收起了刀。

铁人露出了水面，上到了甲板。门被打开，一股水涌了出来。

哈尔焦急地朝里张望着："布雷克博士，你怎么样？"

"安然无恙。"一个愉快的声音传来。布雷克博士先伸出了头，然后是一只胳膊和肩膀，后来似乎动不了啦。

8 铁人

几只热情的手忙伸过去，把他拉了出来。他躺在甲板上脸色苍白，却微笑着。刚才的情况他一字未提。他想到的是科学实验方面的问题。

"这很有趣，"他说，声音有点发抖，"在200米深的地方，水的压力是表面水压的19倍。如果没有保护，立刻就没命了。但在铁人里面，在200米深处，我却像在水面上一样舒服。当然，水一进来，情况就变了。水进得越多，铁人里面的压力就升得越高。慢慢地我感觉麻木了，我想我可能得了轻微的潜涵病。假如我们能不让水进来，我们就应该能够下到400米处而毫无麻烦。我们再把门多包一下，我再试一次。"

"不，你不能再下水了，至少今天不能。你得休息一下。该我了。"哈尔说。

布雷克想坐起来，但是没有成功。"也许你是对的，"他承认，"可是无论如何你得把水搞出来，底部有个阀。"

铁人里的水被排了出来，弄干了，门上加了新的包垫材料。

哈尔把艾克船长拉到一边。

"我在水下的时候，请你守在绞车旁，别把它交给任何人。"

船长明白了，他问道："你觉得刚才的事故有诈？"

"我不能肯定。我不知道，我只希望你守在绞车旁。"

"放心。我不让任何人进到3米之内来。"

"太好了！"

哈尔带着装了彩色胶片的相机进了铁人舱房。当铁人降到水面之下时，一种恐惧感袭来。然而安全而又舒适地在一个铁舱里进入一个新奇世界的兴奋之情大大超过了恐惧。此后的一个小时里，这里就是他的家，一个海底之家。未来比这更大的水下之家将被建成，这难道不可能吗？以后人们舒舒服服地住到海底城市里，难道是空想吗？也许这是幻想，可许多幻想不是已经成了现实吗？陆地表面越来越挤，人们为什么不该移居海底呢？只要能够保护人不受到水的压力，这并非不可能。

窗外的景象太迷人了。一只大鳐鱼拍打着它的蝙蝠翼懒洋洋地游过去；扁鲛在闪耀的阳光下显得光彩夺目；一个漂亮的家伙披红挂绿来到离窗口一米的地方。哈尔给它照了相。

一只两米长的梭子鱼龇着匕首一样的牙齿好奇地围着铁人打转。哈尔庆幸有5厘米厚的钢板保护着。那条梭子鱼突然冲过来咬住了一个突出的螺栓，它的牙可以咬穿木制的船身。可这次哈尔不禁哑然失笑：这条鱼显然很吃惊，它的可怕的牙齿本来可以咬穿在海里游动的任何东西，但这次却对这个奇怪的魔鬼无可奈何。

布雷克的声音通过话筒传来："现在已有100米了，有没有漏水？"

哈尔答道："一切都是干的。"

海水从橘黄色变成了蓝色，从蓝色变成了紫色，从紫色变成了黑色。铁人停了。

"你在200米深处了。还是干的吗？"

他打开灯，检查了门的边缘。

"现在一点也不漏。你那一次恐怕是门的衬垫的问题。"

"你还要下降吗？"

"完全可以！这里就像坐在甲板上一样舒服。"哈尔说着打开

8 铁人

了电热器。

一阵突然而至的水下急流撞上了铁人。铁人开始打转，它不停地转啊转的。哈尔可不大喜欢这个变化，他开始感到有点莫名的孤独。除了一根手指粗的钢缆和电线外，没有什么把他和人类世界联系在一起。他现在正在去一个从没有人到过的地方，也许他根本不该到这来。他觉得自己就像一个被无数不知名的敌人包围了起来的入侵者。最大的敌人莫过于水的压力了。铁人能承受多大的压力，什么时候它会像蛋壳一样被压碎？如果这样的事发生，死亡就会迅速而无痛苦地到来。

也可能发生更糟的事。例如钢缆会突然断裂，那么铁人就会沉到海底，永远待在那里。而在铁人里边的血肉之躯无法迅速而无痛苦地死亡，你得在痛苦的希望和恐惧中坐等空气用完，然后走向你的末路。

他漫无边际地想着，不知这封闭的舱室是否会对他死后的尸体起到防腐作用。那样他就会保持原样几百年。或者钢管里残存的氧气会引起尸体腐烂，那就只有一具骨骼留下来了。那么，1000年后，人类已经在海底建造家园时，一些好奇的陌生人就会向里张望着这具骷髅。

他干笑了一声赶走这些可怕的想法，关掉了里边的灯，从窗口向外张望。黑色的大海里到处都是带着灯笼的奇怪的生物，有些来去匆匆，另一些却像水母一样等待着食物来找它们。

这些灯笼有白色的、红色的、绿色的、黄色的，这个情景就像在夜里你俯瞰一个交通拥挤、红绿灯闪烁的城市时所看到的一样。

有些鱼发的光很集中、清晰，有些则散乱、朦胧，哈尔在用深海渔网捕到的鱼中见到过这些鱼。枪乌贼眼睛周围、触手上都闪亮，虾子会突然发出光来，爱神带水母身披一束光环。有一种鱼有发亮的触须，还有一种鱼身上没有亮，但它却有两排尖利的、发光的牙齿，因为它的牙齿上有一层发光沫。深海之龙身体两侧都有一排排绿色或蓝色的光。灯笼鱼有可任意开关的黄色头灯。

哈尔告知布雷克他看到了什么，他说："你可以把铁人停一会儿，我想拍些照片。"

铁人停止了下降，可它却不停地打转。铁人和鱼都在不停地运动，这样要拍照就没有曝光的时间，而鱼发的光又不够进行快速拍摄。他用1/5秒的速度，快门最大，希望获得最佳效果。

哈尔对布雷克博士说："铁人要能停止旋转就好了。"

"对不起，我们对此毫无办法。你现在在400米的深处，还想下潜吗？"

也许是铁人告诉哈尔这样回答："不，把我绞上去吧。"可哈尔没有听它的。恰恰相反，他说："为什么不呢？一切都正常。"

铁人继续下降。哈尔开了聚光灯，在黑暗中度岁月的生灵突然被置于一片光明之中。有些鱼因害怕而逃跑了；有些好奇心强的，聚到灯前来。哈尔不停地拍照，直到36张一卷的胶卷全部用完。

哈尔听到了甲板上几个人兴奋的声音，然后是布雷克说话了："你成功了。你现在在水下400米深处——足足400米。祝贺你！"

8 铁人

"祝贺铁人吧,不是我。是它在起作用,而且很出色。再降一点如何?"

"不,不,年轻人,你搞得够好了,你得上来了。"

钢缆突然猛地一拉,灯熄了。哈尔摸索着开关,开关失灵了。他听不见话筒里通常的嗡嗡声。他向布雷克呼叫,可没有回答。

他一辈子从来没有经历过这样绝对的寂静。400米深的海水隔离了除了他自己发出的声音之外的一切声音,连他的呼吸声也显得很嘈杂。他又呼叫了一次,竟被关在铁舱房的自己的声音吓了一跳。

他可以猜到出了什么事——电线断了。铁人的旋转绞住了电线,它就断了。下一步,钢缆会不会也断呢?

或许钢缆已经断了?铁人现在也许正在慢慢地、无声无息地向着洋底下沉。这一带海水有5500米深。

不,不可能。向外一张望,外边那些灯笼鱼可以证明铁人没有降,可它也没有升。这是为什么,机器又坏了吗,斯根克又在绞车旁替代了艾克船长吗?

没有电热器,舱室里边越来越冰冷。很清楚,在空气用完而窒息前,他就会冻死。

他又一次呼叫,抓住电话,使劲摇晃着,同时尽力抑制住内心不断增加的恐慌。假如他兴奋起来,那只会更快地用尽空气。他得保持镇静。

突然,一声吓人的轰隆,他被抛起撞到铁壁上。铁人擦过了一个海底山峰,发出了嘎嘎的让人难以忍受的声音。一股水流正在使铁人旋转着。哈尔站稳了脚跟，用手去抚摸窗户。这些窗户不是玻璃的，而是用最好的水晶做的。它可以顶得住巨大的压力，但对沉重的撞击却不见得抵得住。

潜水钟又在自由地浮动了，可意外随时都会再次出现。上边的船在这样的深水中不能抛锚，只能顶风停船。那就是说船在慢慢地随风漂动，哈尔记得是西风。显而易见西风正在把船和船下的铁人一步步拖向那道海底悬崖，悬崖是从深深的大海底部升起，它的顶部就是特鲁克礁脉。

潜水钟窗户有一个盖，即使窗户破了，只要盖好盖子，海水也进不来。哈尔用力想把它们关上，但它们很长时间没上润滑油了，总是朝后弹，怎么也到不了位。

哈尔搞了很长时间，但最后不得不放弃。用了劲，他感到暖和一些了，可一停下来，又冷得要命。他好像觉得从电线断到现在有好几个小时了。

不久，他注意到窗户像蒙眬的眼睛，发出微弱的光。也许这只是外边鱼的磷光。可是，不，这不相同，这是日光！

他向外张望着。海从黑色变成紫色，从紫色变成蓝色，从蓝色又变成了橘黄色。铁人冲破水面，升入空中，又"咚"的一声落到甲板上。插销"吱"地尖叫了一声，铁活板门开了。

"你没事吧？"布雷克焦急地问。

"没事！"

几只手向他伸过来。"你冷得像块冰。"罗杰和布雷克把他拉到温暖的阳光下。他一眼看到电线紧紧地扭缠着钢缆，就在铁人上边断开了。

8 铁人

"绞车出故障没有?"

"电线一断,都有点乱套了。"布雷克回答,"我们马上开始把你往上扯,你是以每分钟 60 米的速度上来的。但是距离太长了。"

他看到哈尔由于寒冷和可怕的精神紧张的折磨而发抖。这种折磨他是经历过的。

他同情地对哈尔说:"你经历了一个严峻的考验,400 米深的水下,断了电,不知道还能否上来。"

哈尔想耸耸肩表示不在乎,可他的肩膀与其说是耸了一下,不如说是抖了一下。"我拍了些很好的照片。"他躺在温暖的甲板上,一下子进入了梦乡。

9 猎宝

离斯根克开路还有6天时间。午饭时布雷克博士宣布了他的计划,打算把船开到帕拉岛几天,回来时正好可以把斯根克送上飞机。

哈尔问道:"我们为什么要到帕拉岛呢?"

"去寻宝呀!"

罗杰侧耳倾听,这可是个振奋人心的消息。他注意到斯根克也很感兴趣,但他不像其他人一样说几句高兴的话,而是阴沉着脸,残忍的眼睛里射出凶光。

布雷克没有面对着斯根克,所以没看到他听到这个消息时的神情。他说:"根据一个古老的西班牙旅行记载,一只从菲律宾出发开到墨西哥和西班牙去的大帆船在1663年的大风暴中沉没在帕拉岛附近。要回西班牙的菲律宾总督带着他所有的家产就在这只船上。他的家产包括金银器皿、桌子、箱子、雕像、吊灯、烛台、花瓶、碗、刀具等,总之是一个大官宅所有的家什,价值可能是50万美元。"

罗杰吹了声口哨。斯根克的眼睛闪着贪婪的光芒。

"大都会艺术博物馆想得到这些东西,展览一下300年前西班牙大公是怎样生活的。他们已要求海洋研究院注意找寻这条沉船。"

9 猎宝

斯根克问道："我们什么时候出发？"

"这个岛位于特鲁克岛以南150千米处。正好刮西风，船长估计，如果我们日落动身，明天一大早就可以到了。"

"你还要我乘下一趟飞机离开吗？"斯根克不经意地问道。

"对！"

"在6天之内，在飞机起飞之前我们不会回来，是不是？"

"完全正确！"

"那我今天下午得去基地订票，还得安排一下我的行李。"

这似乎合情合理，布雷克同意了。斯根克的脸上出现了满意的表情，嘴角挂上了一丝冷笑。只有罗杰看到了他的表情，这使他很不自在。心想：这只狐狸想干什么？

"快乐女士号"通过进入口，横过潟湖，回到了莫恩岛的东边。抛锚以后斯根克就坐着小艇上岸了。

斯根克离开了近两小时。其他人就用这个时间看几只小潜水艇进行练习。这些小潜水艇和1941年12月7日入侵珍珠港的那些潜艇是同一种类。名义上是单人潜艇，实际上这些潜艇可载3个人。这些潜艇都是日本人造的，在战争快结束时被留在特鲁克潟湖，大部分都锈坏了，但海军部门的机械师们重新进行了装配，同时改进了几只。改进之一是增加了一个太平舱。通过太平舱，人可以在水下离开或返回潜水艇。

透过清澈的海水看到人从潜水艇里出来，升到水面，再下水，重新进入潜水艇，从身后关闭通气门，真是很奇特。

"太平舱，"哈尔给罗杰解释，"有两个活动门。一个通向潜水艇内，一个通向外面。如果人想离开潜水艇，潜水艇供气系统就会使太平舱充满气。人进入太平舱关好通里面的门,外面的海水就进入太平舱。人打开海水门就可以出来了。有水中呼吸器,在到达水面之前不会遇到呼吸问题。返回潜艇的话,过程是相反的。"

"不知什么事情拖住了英克罕姆?"布雷克有点烦躁,"订票不会超过15分钟的。"

当斯根克回来时,他显得情绪极好,他并未因为让别人等了两个小时而道歉。在艾克船长开船时,他反而站在船栏边欣赏潜水艇在水下的表演。

"我憎恨那些东西,"船长大喊大叫地说,"我不会忘记它们在珍珠港对我们的所作所为。"

"我不恨它们,"斯根克高兴地说,"我爱它们。"

"它们除了造成危害外,一点用也没有。"船长坚持说。

"这正是它们的优点呢!"斯根克笑着,慢悠悠地离开了甲板。老船长咬着烟斗柄,在想这家伙说的话到底是什么意思。

"快乐女士号"整晚都像小鸟在飞,日出前在帕拉岛秀丽的环礁海岸边十几米深处抛锚。

这是由环状的陆地围着的仅有一千米长的潟湖。岛上的居民在战争年代逃走了,现在岛上无人居住。岛上土壤与其说是珊瑚质,不如说是火山质更确切。由于土质肥沃,各种热带树木、植物郁郁葱葱。高大的椰子树和西谷椰子树,不可思议的露兜树,挺拔的竹林,遮天蔽日的杧果树和面包树,以及各种各样的水果和鲜花。

在这个环礁周围海底某个地方,沉睡着西班牙大帆船"圣诞

9 猎宝

老人号"的残骸。布雷克博士和他的同伴们站在船栏边注视着迷人的蓝绿色的大海深处。

"我们是第一批搜寻这艘大帆船的人吗?"罗杰问。

"不!许多潜水者都想找到这艘沉船的位置。一些人还送了命,真是太遗憾了。不过每个人迟早要去报到的,而我也想不出来有比这里更好的坟地了。"

哈尔瞥了一眼博士严肃的表情。他记得这位科学家以前曾经说过类似的话。很明显,他不是说着玩的。他对他的心上人——大海的爱可以说是情深意长。为此,他贡献出了自己毕生的精力。

"以往失败的原因,"布雷克继续说,"是他们只能一下去就上来,他们不能够待在下面,在海底移动,检查海底的每一个地方。现在,有水中呼吸器就可以做到这一点了。但在海中行走毕竟太慢了,我们必须有个能驾驶的东西。于是海底雪橇应运而生。罗杰,你和奥默把它拿上来,好吗?"

一个奇怪的东西被吊出了船舱,放到了甲板上。

它十分像冲浪板,但是前端窄,后面宽,下面有两只滑橇,就像雪橇上的一样。罗杰高兴得哼起来:

"叮叮当,叮叮当,铃儿响叮当,我们滑雪多快乐,我们坐在雪橇上。"

不管是谁写的这首歌,他可从没有想过到海底滑雪橇。

布雷克博士检查着雪橇的机械装置:"这就像个滑翔机,只不过它是用来在水下滑而已。它是在上一次大战中,法国军队里的一个空中能手、飞行员万莱厄上尉发明的。它是用压缩木头和软木制的，表面覆盖了一层合成纤维组织。你们看，它的背上有两个舵，而且像飞机一样有两个副翼。有了这些东西，潜水员可以控制雪橇下降的深度。他可以随意在水面，或是下降到各种深度，或是在海底滑行。

"海底雪橇是由摩托艇牵引的。我们装有舷外摩托的小艇做这事再合适不过了。即使我们以6海里的速度航行，我们也可以在半小时以内搜索完一平方千米的面积。如果用潜水员潜上潜下的老办法来做这同一件工作，那可要大半年的时间了。所以你们看，海底雪橇的发明是海底探矿和搜寻沉船方面的一次革新了。"

哈尔问："在这些方面已经使用过海底雪橇了吗？"

"在太平洋还没有，事实上我们是在太平洋第一批使用这个东西的。但两年来，在地中海人们使用过。开始的时候，它只是作为新鲜玩意在旅游胜地瑞维埃拉被公子哥们用来玩耍。后来人们发现了它的科学价值，它被用来找到了18艘沉船，其中有些船装有贵重的货物。他们还发现了战争中被打下的飞机。露易斯·蒙巴顿勋爵是试用它的人之一。英国海军部正在研究把海底雪橇用于海上救护工作。"

"我多想试一下，我都要想疯了。"罗杰忍不住叫了起来。

斯根克粗野地说："你真的要试，你就真的是疯了。你要是想淹死这倒是不错，这不是外行能干的事。"

这话不仅惹恼了罗杰，连布雷克也忍受不了，他说："我不认为罗杰是个外行。既然他是第一个自愿报名的，我们就让他第一个试用海底雪橇吧！"

"哈哈！"罗杰欢呼起来。他一跃而起，为潜水做好准备工

9 猎宝

作。大家帮忙把海底雪橇放到轻轻起伏的海面上。救生艇下水了,100多米长的缆绳把它同海底雪橇连在一起。

"缆绳必须长,"布雷克博士解释道,"否则你就不能在水下走得很远。"

罗杰穿戴好面罩和水中呼吸器。他从舷梯上下到水里,照布雷克所说的,肚皮朝下,伸展身体平卧在海底雪橇上。他的脚蹬着方向舵控制器,手握着调节副翼的操纵杆。

"在你的两边各有一条拴在海底雪橇甲板上的皮带,把它们套在身上,把你扣紧。"罗杰照着做了。现在他和海底雪橇合为一体了。

就在海底雪橇的前甲板上,有一个突出的按钮。"这个按钮有什么用?"

"那是你的信号器,按一下!"

罗杰按了一下,救生艇上的蜂鸣器响了。

"如果你想停,按一下蜂鸣器。"布雷克说着,爬上了救生艇。哈尔有点担心他的弟弟,也跨上了救生艇。布雷克发动了马达,救生艇慢速行驶100多米,直到缆绳拉紧为止。

"准备好了吗?"他喊道。

罗杰摘下面罩,对它吐了口唾沫,擦了擦,这样可以防止水汽造成的模糊。他重新戴上面罩,检查了一下,确信很严实。随后,他又把水中呼吸器接口管的凸缘放在嘴唇后面,牙齿咬紧橡胶薄片。

他向布雷克挥了挥手。马达轰鸣,救生艇向前滑动,缆绳绷紧,雪橇开始移动了。

开始，罗杰只是满足于在水面上滑行。接着，他把雪橇浸入水中。海水覆盖了甲板，他的胳膊和腿都在水里，只有头还露出水面。他进一步下沉，水一打着他的脸，他就下意识地眨了一下眼睛，屏住呼吸，但马上意识到这都是没有必要的。面罩保护着他的眼睛，虽然他完全在水中，由于有背上的空气罐，呼吸也自如。

他降到大约6米深。为了继续下沉，他必须不停地给控制器加压，只要一松劲，雪橇就会很快朝水面浮去。它像空中滑翔机一样运转，不过方向刚好相反。空中滑翔机总是想朝地面坠去，而海底海底雪橇总想爬高。啊，罗杰想，万一出事故时，这只会有好处。一旦驾驶员失去知觉，雪橇就会露出水面，摩托艇上的同事就会发现。事实上，同空中飞行比较起来，这是相当轻松的。"掉"上去比掉下来要安全得多。

当他被拖着穿过一大块水母领地，那带刺的触角把他的皮肤蜇得火辣辣时，他觉得不那么轻松了。但是他不愿发停下来的信号，这太刺激了！此外，他渴望第一个找到"圣诞老人号"沉船的位置。期待着在他第一次潜水中就找到沉船，真有点异想天开。但是，为什么不会呢？如果海底雪橇能在半小时内搜索用古代潜水法在一年内才能探测完的海底的话，他找到沉船的可能性就相当大。

海底景物在他身下急速地滑过，也不是太快，因为马达被控制在每小时6海里的速度之内。他对海底的一切都可以看得一清二楚。海底被成千种穿戴着彩虹般颜色的生物覆盖着：有像卷心菜和玫瑰、菜花和百合花一样的东西；有扇状、蕨类和羽状物；

9 猎宝

有大群的扁鲛、孔雀鱼以及摩尔人偶像"角镰鱼"。他不喜欢海蛇的尊容,尽管它们光滑的棕色身体上裹着蓝色、金黄和绿色的华丽服装。它们在珊瑚洞中溜进溜出或盘在枝条上。

突然会现出一大片雪白的沙地,像沙漠一样光秃秃的。接着会有大片的石头,到处是杂乱无章的岩石和卵石。

他攀登倾斜的小山,下到深谷,以确保并未漏过谷底的任何东西。

他特别注意到这里的巨蛤非常多。这种巨蛤有近两米宽,它的壳总是大开着,等待食物。如果有东西经过张开的壳内,壳就会像钢夹一样关闭。许多潜水者就是因为脚被巨蛤夹住而永远沉眠于海底的。

想到这一点他毛骨悚然,但是如果他知道"快乐女士号"上的他的一名同事即将遭此厄运,他就会更加毛骨悚然。

大约过了10分钟,罗杰感到雪橇转过来了,接着就向同刚才相反的方向前进。布雷克博士已探索了1海里,正向后迂回。在罗杰探测完海底的1平方千米前,布雷克要继续迂回。

这块的海床平坦、空旷,就像雪一样。罗杰把雪橇下降到可以在海床上滑动为止。现在他真的在海底滑雪橇了。

他滑上一块隆起的地方,随即滑下一个很长的斜坡。斜坡尽头突然出现一座悬崖,下面的峡谷深不可测。

要是在陆地上滑雪的话,这肯定会以灾难告终。当罗杰从这可怕的无底洞上方飞速跃过时,他曾一度惊慌失措,但雪橇像鸟一样在张着大口的峡谷上方滑过,再次触到另一边的地面上。罗杰的害怕变成了得意,如果他能大声欢呼而不丢掉接口管的话,他就会这样干的。

他欣喜若狂，当他突然发现沙地里有块隆起的东西时，已经太迟了。雪橇滑了进去，连根拔起一条巨大的、受到严重惊吓的章鱼。由于有适应周围环境而随时改变保护色的能力，这个畜生几乎像沙一样白。如果它在棕色的石头中间，它就会是棕色；在绿色的植物之间，它会变成绿色。但无论其周围环境如何，在生气时，章鱼总变成红色，它现在就是红色！它被海底雪橇的尖端击中，正以每小时6海里的速度被拖带而去。

章鱼的一些触手伸在甲板下面，一些在甲板上面，两个触手紧紧贴在罗杰光光的背上。这东西鹦鹉式的嘴巴离他的脸只有几厘米，几乎像人眼一样的眼睛，仇恨地盯着罗杰的眼。

罗杰不由自主地准备发信号要求停止前进。但是如果停下来的话，章鱼就会从雪橇上脱出身来进攻。只要他不停地前进，就会使它十分为难、害怕，除了紧抓着不撒手外，什么也干不成。这家伙囊状的躯体就在甲板的下面，无法移动。罗杰决定不停止前进。

贴在他身上的两只触手使他格外烦恼。他感觉到两根触手贴得更紧了，吸盘陷进他的肉里，尽力想把他向前拉入大口里，它的嘴之大，容下罗杰的脑袋还绰绰有余。可怕的牙齿就在口的边缘上。

章鱼有点失望，至少暂时是这样的。水压使它贴在滑动的雪橇上，无法爬向罗杰，而罗杰又被皮带束在甲板上，章鱼无法把他拉近。但是如果皮带断了或者松脱了，怎么办？

如果上到水面上呢？那么救生艇上的人就会看见他，并停下

9 猎宝

马达来救他。但那要用几分钟的时间,而在此期间……只要能动,章鱼不用10秒钟就能回过头来,咬掉他的脑袋。

看来,他得待在水下,就像这样不停地往前滑,自己来搞掉它。

雪橇滑过一群鹦嘴鱼。它们大吃一惊,有几条撞着了章鱼和罗杰的头及肩膀。他抓住了一条又大又肥的金绿色的鹦嘴鱼投进了他面前的血盆大口。也许只要他给他的客人提供午餐,他的客人就不会再对他感兴趣了。鹦嘴鱼马上消失在章鱼的肚子里了。

可这家伙吃了鱼甚至连嘴也不合一下。罗杰放弃了以供应午餐来争取敌人的打算。现在它的主要问题是愤怒而不是饥饿。他知道章鱼是容易感情冲动的。现在雪橇上的这个家伙怒气冲天,根本不会考虑它的肚子。

罗杰背上的两个吸盘的尖利的边缘正在割破他的皮肉。他觉得自己被拉得离那张等待着的嘴近了两厘米。他抽出刀子在一只触手和章鱼身体的连接处割了起来。触手像人腿一样粗,像橡胶一样坚韧,可里边没有骨头。最后这条红色的"蛇"终于被割断,吸盘松开,触手被急流的海水冲走了。

但是另一只接替了前一只的位置。章鱼没有被这个手术吓倒,它的身体闪着更加愤怒的鲜红色,眼睛喷射着仇恨的火焰。

罗杰感到雪橇又在拉着转弯,忽然想到了他现在是在寻找沉船。可有这么个同伴在身边,怎么能把精力集中在寻找沉船上啊!他吃力地又割掉一只触手,然后再一只。但两只新的又上来勒住了他。其中一只束住了他的胳膊,他再也用不成刀子啦。

他意识到他在喘粗气,这可不行,这样下去空气很快就要用

9 猎宝

完了，后果不堪设想。他得若无其事地、均匀地呼吸，就好像自由自在地坐在"快乐女士号"甲板上一样，根本别想自己正在水下的雪橇上和一条大章鱼拼命。

一个黑影压过来。他抬头一望，天啊，他正在向一座15米高，上面布满了突出的、钩状岩石的山峰冲过去。他把雪橇向上升起，雪橇升得很慢，上面压得太重了。离山峰越来越近，附着在绝壁上的摆动海扇和巨大的海葵的阴影越来越大，每一条裂缝、洞和伸出来的岩石都可以看得很清楚。

假如他一头撞上去，章鱼自然就完了，可他也要同归于尽，雪橇得报废了，搜寻沉船的事也就前功尽弃了。为了保护自己，他也就得保护这个不受欢迎的乘客。他把雪橇陡地向上一拉，刚刚擦过山顶，离得这么近，章鱼几乎是在峰顶的海草中拽过去的。

他又一次发现自己像蒸汽机一样喘着粗气，当然他再次控制住自己的恐惧情绪，迫使自己均匀地呼吸。两个冤家对头默默地对视着，鬼知道过了多长时间。而在这段时间里雪橇又转了一次头，然后再一次。血从章鱼的伤口向后漂着，但章鱼并没有因失去3个触手而丧失活动能力。

一个新问题出现了。一盘盘的海草，纠集起来的巨藻仿佛就是像船一样大的章鱼的触手。这只章鱼的奋斗目标就是缠住罗杰，吃掉他。他上、下、左、右躲着这些要攫住他的触手。恐惧和疲惫搞得他心力交瘁。忽然，他发现自己冲出了巨藻林，正在滑过一个珊瑚园，园内海王尼普顿的海绵耸立着就像短叶丝兰树。

就在这时,他看见它了——那条沉船。至少它是一只沉船。他还不能完全确定那就是"圣诞老人号"。它被海藻、珊瑚覆盖着,半埋在沙里。他从那折断了的桅杆上飞了过去,低头看到了它那显然不会属于任何现代船只的高高的船尾楼。他兴奋得心怦怦直跳。但他就只能这么瞥一眼,很快,就掠过去了。只要有这么个章鱼乘客和他在一起,他就不敢发信号要求停留。前边有一个模模糊糊的黑影,马上就要撞上去了。罗杰升起雪橇,刚刚来得及飞过一只大虎鲨的背。那条鲨鱼闻到了受伤的章鱼的血腥,立即转头跟了上来。

很快,一条好奇心重的海盗——巨大的箭鱼也跟了上来。罗杰胆战心惊地回头一望,光是那条箭鱼的箭就有两米长。

罗杰神情紧张地等着鲨鱼过来咬他的白色的脚后跟。他的脚后跟平伸在滑板后部,对鲨鱼来说多么诱人!至于箭鱼,假如它心血来潮,它可以轻而易举地用它的箭把雪橇连同罗杰一起戳穿。

他记起有关一条箭鱼的报道:它戳穿了一艘双桅纵帆船,它的箭穿透了6毫米厚的金属外壳,6厘米厚的花旗松板,5.5厘米厚的顶棚板,折断了的箭留在船身上做了这次卓绝战功的纪念品。

箭鱼赶上来在罗杰的左边,虎鲨也并行在他的右边,一起前进,就像好朋友一样。章鱼不再对罗杰感兴趣了,它扭转头看着箭鱼,然后又回头恶狠狠地瞪着虎鲨。

甚至虎鲨也害怕箭鱼。这是有原因的:锋利而又结实、能戳穿鲨鱼厚皮的武器是不多的,而箭鱼的箭就是其中之一。虎鲨保

9 猎宝

持着一定的距离。最后还是箭鱼先行动了。

只见箭鱼一个猛冲,用它细长的箭一下子戳穿了倒霉的章鱼圆鼓鼓的躯体,把它从雪橇上扯了下来。章鱼用剩下的5只触手牢牢地缠住箭鱼,一场罗杰期待的恶斗开始了。但罗杰看不上了,他很快被带离战场。当然,这是件好事。他长吐一口气,解脱了!

可当他注意到跟上来的虎鲨时,一下子又紧张起来。那东西犹豫了一会儿,大概是决定不和箭鱼争夺章鱼,所以又把雪橇当作目标了。它跟得很紧,显然是被罗杰白色的脚后跟所吸引,同时贪婪地吸着雪橇板上漂出的章鱼血的腥味。而罗杰背上的吸盘所致的伤口使得血腥味更浓。因此,虎鲨认为正在逃跑的东西受了伤,惊慌失措,并且孤立无援,可以不费吹灰之力就吃到美味佳肴。

雪橇又绕了个圈,掉头运动。罗杰希望这样能摆脱掉虎鲨,谁知它仍紧紧跟在后面,甚至离得更近了。

而使他同样焦急的另一个问题是,他会错过沉船。这一趟他不会再从沉船顶上过了,但也不会离得很远。他得设法摆脱这个紧追不舍的食客,这样就可以集中精力干他的真正工作了。

他想到飞鱼摆脱鲨鱼和其他一些饥饿仇敌的办法,它们飞入空中。他为什么不试一下?他不知道海底雪橇能不能飞,但至少可以试试看。

艇上的人目瞪口呆地看到雪橇突然冲出水面,飞入空中,"翱翔"了一会儿,又进入大海。他们还没来得及弄清是怎么回事,突然又来了一次,然后再一次!

"这个淘气鬼！"哈尔不耐烦地叫了起来，"他一定是闹着玩。不去寻找'圣诞老人号'而搞特技飞行！有时候我觉得他永远也正经不起来。"

可罗杰这次是非常严肃的。两次飞行后，他还是可以看到虎鲨远远地跟着。第三次后，他终于摆脱了它。过了一会儿，他就在他左手的距离之外，看到了那艘沉船。打信号要求停止后，他升到了水面滑行。小艇转了个圈往回行，来到他身边。

哈尔马上生气地发问："你跳出跳进，究竟干什么？"

"以后再告诉你。我发现一艘沉船，可能就是'圣诞老人号'。"

哈尔怒气尽消。

"太棒了！在哪里？"

"就在那里，30米之外。"

"多深？"

"大约20米。"

两个人正要下潜，哈尔忽然看到了他弟弟背上和甲板上的血。

"那些血是怎么回事，你受伤了？"

"没事，"罗杰不耐烦了，"快到那里去，看看我是不是发现了什么。"呼吸器留到了大船上，布雷克和哈尔只戴了面具，就跳到了水里。他们向罗杰指出的方向游了30米后，就潜入水中。罗杰把自己从雪橇上解开，爬上了摩托艇。

40秒钟后，两个人上来了，喘着气，喷着水，激动得满脸通红。他们游回来了，罗杰焦急地等着他们。

布雷克一边爬上小艇，一边说："看来你还真找到了点东西。"

9 猎宝

"是'圣诞老人号'吗?"

"我们刚才不能认真检查、确认,等戴上水中呼吸器再来。"

"以后再怎么找到它呢?"

"容易得很!"布雷克在一个贮藏箱里翻着,拿出一根绳子,绳子的一头系着一个重物,另一头系着一个有小旗的浮标。他们把小艇慢慢停在沉船上方,丢下绳子的重头。浮标在水面上摇晃,浮标上的小旗子轻轻地摆动着。

小艇回到了船边。听到这个消息,船上的人欣喜若狂。斯根克也很高兴,但他是阴阳怪气地高兴。他扫视着水天相接的地方,好像在盼望某个什么人出现,但没有人留意他,因为大家的注意力都集中在罗杰和他的海底之行上。布雷克忙着处理罗杰背上的伤。

"你处理得很好,"布雷克祝贺罗杰说,"你动了脑筋。我想你急于知道你到底发现了什么吧?"

他进入船舱,很快拿来了一张关于"圣诞老人号"的详情表,和哈尔一起仔细研究着。

"好,我们去检查一下。"布雷克说。他们拿着水中呼吸器,驾着小艇出发了。罗杰要求一起去,但布雷克严厉地回绝了。

"你得放松一下,我们很快就让你知道结果。"

半小时后,他们回来了。站在船栏边的罗杰来不及等他们到跟前,就大喊:"怎么样啊?"

布雷克博士在小艇里站起身,他用手在嘴边作了个喇叭形,深沉的、由于距离很远而显得很弱的声音从水面上飘过来:

"是'圣诞老人号'!"

10

沉船之谜

布雷克博士一边爬上甲板,一边说:"没问题,这正是我们要找的船,虽然沉了300多年,却依然完好。"

这简直令人难以相信。罗杰满腹狐疑地说:"我觉得300年前沉入海底的木船到现在早该腐烂了。"

"根本不会,"布雷克说,"你得记住这个事实:这木船是一直和空气隔绝的。如果你把木船的一部分带出水,它就会收缩,并开始急速地腐烂。但只要它被大海保护着,别说300年,就是几千年也没问题。你们都看过《寂静的世界》一书吧,就是那个发明水中呼吸器的库斯托舰长写的。书中描绘了在地中海海底发现了公元前80年从希腊驶出的'马赫迪耶号'军舰的事。那只沉船的木甲板和船身保存完好,船上的艺术珍品丝毫无损。那些珍品现在都已送到突尼斯的阿劳威博物馆了,足足占用了5个房间,其中包括船的肋架,这些肋架是由黎巴嫩雪松做成的,上面涂着原始的黄色的清漆。"

哈尔问:"是不是雪松比其他木材更能抵得住盐水的侵蚀?"

"也不见得。你也许在几个月前看到过报纸上的一篇有关国家地理考察队从一只公元前230年左右沉入大海的希腊船上发现珍宝的报道。他们发现,虽然木头已经发软,并被船蛆蛀过,但在海底待了2000多年,这算够好的。这艘船由叙利亚阿勒颇松、

10 沉船之谜

黎巴嫩雪松和橡木造成。'圣诞老人号'由另一种好木材柚木造成。因此,难怪它基本完好。"

接到布雷克的命令,艾克船长把船开到离在海浪中上下跳动的小红旗半海里远的地方,在那里抛了锚。

布雷克、哈尔、罗杰和斯根克穿戴好水中呼吸器。这次比平时用的时间要长些,因为他们的手都有点发抖。就在他们下面有一艘装载着可能价值50万美元的珍宝沉船。这种刺激足以使你的手指在带子上乱摸一气的。

艾克船长把布雷克拉到一边。

"你打算让英克罕姆染指沉船吗?"

布雷克感到意外,说:"为什么不呢?"

"我不相信他。"

"我也不相信他。但我看不出他能干什么坏事。"

"难道你不记得他说过的话,如果你找到珍宝的话,他就要攫为己有吗?"

布雷克笑道:"船长,请理智一点。他如何携珍宝而逃呢?你不会认为他能游着带走吧?而且他没有船,他能干什么呢?"

"我不知道,"船长承认,"但我敢打赌他知道。他是一个狡猾的家伙,我不相信他。他威胁过要攫取珍宝,还要杀掉你,我并不认为他只是开开玩笑而已。照我的意见,在送他上飞机之前,就把他锁在贮藏室里。"

"我认为他只是狂吠几声,并不会真正咬人,"布雷克说,"不用担心,船长,我们会留神的。不会让他顺手把'圣诞老人号'沉船上的珍宝拿走的。"他咧嘴笑了笑,希望从这个慈祥的老水手脸上看到一丝响应的微笑。但是艾克船长只是咕哝着摇着头走开了。

4个探险者腰带上挂着防水电筒,沿着浮标绳下水了。起初,他们什么也看不到,过了一会儿,3支桅杆的残余部分出现了。桅杆是光秃秃的,上面的帆缆和帆早已化为乌有;还可以看到两个奇形怪状的瞭望塔;最后,看到了和瞭望塔连接的甲板。

头一次下水时,布雷克和哈尔下潜到沉船旁边的海底,围着它转了一圈。这一次布雷克径直冲向甲板,其余的人紧跟其后。他们马上就站在3个世纪以来从来没有人涉足的甲板上。

甲板上覆盖着海藻、海绵、水螅纲动物和柳珊瑚。一群群的鱼在这里游来荡去。水生的动物好像都特别偏爱沉船。船的舷墙特别高,而且足足有一米厚,上面为搁置大炮穿了一些洞。那些大炮就在甲板上,上面盖满了海藻和珊瑚。

罗杰弯腰想去看一下一只大炮的炮口,但哈尔把他拽到一边。哈尔知道章鱼就喜欢把这类洞穴当成自己的家。

使哈尔对这些大炮格外起疑心的是大炮口前成堆的石头和珊瑚石,它们几乎封住了炮口。这些石头不可能这样井然有序地掉在那些地方,它们一定是由某人或某种东西摆在那里的。而且他知道,章鱼习惯于倒退入洞,然后拉来石头盖住洞口,仅留个使其一只触手伸出来抓住过往猎物的缝。接着章鱼就会掀翻挡路的石头,出来擒住猎物。

哈尔一伸手抓到在他周围游来游去的一条海龙。海龙的身体不过手杖那么粗,哈尔抓住一头,把另一头在大炮口晃来晃去。开始,没有任何动静,突然,一只触手射了出来,抓住海龙,试

10 沉船之谜

图把海龙拉进洞里,哈尔紧握不放。章鱼看到无法把海龙拉进洞内,就冲出炮口,扑向海龙,8只触手一起抓住了牺牲品。哈尔想,该撒手躲开了。

他看着章鱼享用着猎物,后来又偷偷摸摸地溜回大炮口里,然后把石头拉回洞口。

突然,哈尔发现这里只剩下他孤身一人了。当他在研究这一幕小闹剧时,其他人都到船尾去了。他感到很奇怪,价值50万美元的珍宝就在脚下,而他竟能为一两种动物消磨时间,也许他毕竟是一位科学家,而不是猎宝者。

他赶上了其他人。他们正在接近一座塔楼,在船的每一头都可隐约地看到一个。古时的水手管它们叫城堡。它们看上去真的像城堡。船头的城堡有3层楼高,并有许多窗户,装饰考究。船尾的城堡更好,更宽敞,更高大,耸起4层楼高。前面的城堡可能是船员用的,同官员和乘客下榻的富丽堂皇的船尾城堡比较起来,它显得简陋得多。在船尾城堡的每一边都竖着一盏任何博物馆都会作为无价之宝的华丽的铜灯笼。

从船尾城堡到大炮甲板的门已经掉了。他们进入漆黑的城堡内,拧亮了电筒。数十条小章鱼退向各个角落,发出"吱吱""嗖嗖"声。它们愤怒的目光紧盯着这些"外来入侵者"。

他们4人在一起,互相保护,以防攻击,逐渐走向一个大房间。房子中央,有一张牢固地固定在地面的笨重的长桌子。墙壁由壁毯裱褙,并安有铅条固定的玻璃门。布雷克用劲拉开了一扇门。当他看到银托盘、金托盘、陶瓷托盘、盘子、高脚杯、杯子、大酒杯、水罐和碗盆时,要不是怕接口管脱落,他会喊出声来的。即使在船上找不到其他东西，光是这些，也就足够了。

布雷克博士取出一个托盘。由于没有抹布，就在自己臀部的游泳裤上擦了擦。覆盖托盘的一层灰色薄膜消失后，骑在马背上的骑士的极其动人的图案出现了。托盘似乎是由黄金、白金和炮铜做成的。

斯根克挤到前面来，用手指摸着图案。他的手痉挛的模样就像鸟爪子一样。当布雷克把托盘放回橱柜时，他并未反对。

他们攀上一级古式楼梯，不时停下来，留出时间给受到惊吓的大批章鱼让路。

一些章鱼用触手端触地，悠闲地离开，而其他的却靠喷气推进，急速离去。

再上楼，似乎是单人客舱，门关着。探险者不想扭开门，留待以后再光顾吧。随后，他们来到4层。

走进一个大房间，里边宽敞而富丽堂皇，四周墙上有设计精巧的小窗户，现在被海底生物从外面挡得黯然无光。这里可能是船长室，或者，总督在船上的话，毫无疑问是他的房间。

突然，斯根克惊恐地退缩了回来。其他人把电筒朝他的方向照去，他们简直不敢相信自己的眼睛，发现他在盯着一个全身披戴盔甲坐在一张大椅子上的人。

他安闲地坐着，尽管看不到他头盔面罩后面的脸，但似乎是活人。他没有站起来欢迎他的客人，却似乎以一种冷漠的幽默端详着他们。也许他在玩味着他们发现他在那里时露出的吃惊神色。一个300岁的西班牙里普·万温克尔，显然像他最后一次见到阳光时一样健康、快活。

10 沉船之谜

相当迷信的斯根克开始发抖,不得不在一个箱子上坐下来。其他人试图装出一副大胆的样子。但是当这位老先生开始抽烟斗时,连他们也吓得退缩了。除了头盔里的烟斗或雪茄外,不会有其他东西会使一股很细的烟柱从头盔里漂出来!

现在要想把这些观看者吓得魂不附体的话,只要他动弹一下就够了,而他马上就这样做了。

头盔的正面突然微笑了,嘴的一角提起,咧嘴笑了,嘴角继续上提,那样子太古怪了。好像还有一把胡子从头盔里漂了出来。

哈尔走向前去,用强电筒光照着它。原来是条在头盔里安家的小章鱼的触手。毫无疑问,那股黑烟也是这个家伙喷出来的。

那只触手慢吞吞地摆动着,就像一把长胡须的梢端被一只无形的手捋着一样。随后,它又慢慢地退回头盔里去了。

哈尔的脚碰到了地板上的什么东西。他把电筒朝下照去,发现另外两个披着盔甲的人躺在地板上,其中一个痉挛着,就像在痛苦中死去一样。两人身旁都有一把短剑,虽然上面已蒙上一层黏糊糊的东西,但轮廓仍清晰可辨。

人们在船上通常是不穿盔甲的,除非在战争中或遇到了海盗袭击,或者二人决斗。似乎只能这样解释目前见到的情况。

但是为什么坐在椅子上的那个人也披着盔甲呢?也许他要同胜者决斗。沉船正好使他避免了这场麻烦。

无论这个谜的结论如何,有一点是清楚的:这3套动人的古代盔甲会作为大都会艺术博物馆的财产予以珍藏。至少这一点对3个旁观者是清楚的。而斯根克可能会另有打算。

确定这3个幽灵既不是活人也不是鬼魂时，斯根克爬上前去用他那贪婪的手指摸着一个倒在地上的武士的钢头盔的金镶嵌物、颈项护圈和肩甲、有漂亮的浮雕的胸甲、肘部突出部位的铜制物、精美的浮雕臂铠、护腿的胫甲以及用弹性钢窄片制成的鞋袜。

布雷克用刀鞘的背撬开了房间里的一只箱子。里边都是精美的大理石或瓷制的小雕像。另一只箱子里有两只镶嵌着珠宝的金孔雀。再一只箱子里没别的东西，就是箱底上有一点沉积物，剩下的都是细布，可能是绒绣，也可能是衣服。

有一张大床在房间的一边。在床脚，天啊，是一个银澡盆。

布雷克博士大吃一惊地看到澡盆里有个几乎裸体的伸展着四肢的人。可再一看，捣蛋鬼罗杰一下子跳出了澡盆，笑得差点连接嘴器也掉下来。

要把这个澡盆灌满水多费事儿啊！有自来水倒是容易得很。当时一定要把水一桶一桶吃力地提上楼来使用。不过这条船倒是找到了一个一劳永逸的办法：它一下子沉到海底，这个银澡盆也就永远是满的，不用麻烦任何人了。

布雷克领路来到大炮甲板上，发现了一个通到底层舱的升降口。这里有一群大章鱼，但章鱼只要不被陷进罗网，感到走投无路，或是被用其他方式惹烦，它们除了瞪着"入侵者"，是不会进攻的。

底层舱装满了设计优美、工艺精巧的家庭用品和珍宝，这些东西有些是菲律宾出产，有些来自中国，还有的是印度货。大部分货物很明显是从西班牙进口来装备总督在马尼拉的官邸的。这

10 沉船之谜

位总督退位了,这些东西也都跟着他送回西班牙。货物中还有青铜的及石制的灯笼、水晶吊灯、大理石雕像、很大的金花瓶、一只青铜日晷仪以及高效率的计时仪器(包括装饰华丽的钟,老式的、只有时针的笨拙的表等)。那里还堆着整箱整箱的五花八门的东西:刀剑、戒指、带扣、链子、项链、未镶上的宝石,八斯勒格的古西班牙金币、银币、金条、银条等。

就在他们脚下,船体有一处扭开了,海底的沙子涌进来。这说明了"圣诞老人号"遇难的原因。由于其沉重的城堡式的塔楼极为笨重,船被风暴扭歪了,然后,船的底板裂开,船沉入大海。一个箱子破了,大量的金币掉到了洞里。

斯根克过去捡了一些,但布雷克示意应保持原状。

斯根克由于激动而大喘粗气。他的气用完了,不得不按动供应他最后 5 分钟气的贮存器控制杆。布雷克意识到大家的气可能都用得差不多了,就发出上升的信号。4 个戴着面罩的人穿过一个敞开着的舱口,升到折断了的桅杆顶端。为调整水压的变化,他们在那里待了几分钟,接着升到水面,攀上"快乐女士号"甲板。

罗杰再也憋不住了,问布雷克:

"除那 3 个人以外,在那艘船上我们为什么找不到任何人呢?"

"我们不会找到任何人的。"布雷克说。

"但是客舱里的 3 个人呢……"

"那只是些成套的空盔甲。"

"但里边一定会有尸体,或至少应有骨架。"

"等我们打开那些成套的盔甲时,你看吧,我们连像你的小指节那么大的人的残骸也找不到。肉体很可能在几小时之内就被鱼、海星、甲壳动物吃掉,而几周之内虫子和细菌就把骨头报销了。金属、石头和某些木头会保留下来,但骨头不行。"

罗杰似乎产生了一个沮丧的想法:人总以为自己了不起,却消失得这样快,而金属、石头和木头反而可以保留很多世纪。

"我们并不怎么了不起,是不是?"他略带伤感地说。

布雷克笑着说:"你才明白一点,是吗?现在让我们开始工作吧。在从船头到船尾,从里到外照完相之前,不要拿沉船上的任何东西。拍完照再开始搬东西。"

"我们需要从托管理事会获得批准吧?"哈尔问道。

"那都做了安排。只要它们进入博物馆,政府就不会对这批财产征税,博物馆正是它们要去的地方。"

布雷克听到他身后有人轻蔑地哼了一声,转身一看,是斯根克。斯根克立刻抹去了脸上的假笑,什么话也没说。

"我们要对所有的东西都拍照,"布雷克继续说,"就像现在的原样:武士、箱子、货物……黑白的、彩色的和摄影。"

斯根克提议:"画几张画如何?"

"那当然很有意思了。你为什么不试试?"

重新给气罐充了气。照相机、闪光装置以及绘画材料备好后,布雷克、哈尔和斯根克下到沉船。

布雷克进到沉船内部,借助闪光灯,开始对货物和上面客舱的戏剧性场面进行拍照。他也对所看到的东西做了笔记。就像当布雷克看到坐在椅子里的人时感到十分惊奇一样,坐在椅子里的

10 沉船之谜

那个人，要是他能看到的话，也会对看到脸上戴着面罩，背上背着罐子，镇静地坐在箱子上用石笔在石板上写字的怪物感到吃惊。

水使布雷克写的东西模糊不清。但只要石板一干，写的东西就会呈现出清晰的白色。布雷克从威廉·毕比那里还学到一种方法，那就是用铅管在锌片本子上写字。第三种方法是用石墨条在砂纸磨过的假象牙纸上写，这是一种很像赛璐珞的防水物质。这种现场笔记对于精确的科学记录来说是必要的，因为上到水面以后很容易忘记精确的细节。

哈尔在船的外面，拍沉船在海底陷进沙里的全景，炮台甲板、舷墙以及两个别致的城堡。他对沉船长长的船首特别感兴趣，上面雕刻着大量动物、组合文字、皇冠、长蛇、花卉装饰物。这一系列雕刻的最高处是一尊海神尼普顿正从大海升起的青铜雕像。哈尔似乎已经看到这件惊人的艺术品是如何摆放在大都会博物馆的展品橱里。也许在这件艺术品下面会有关于"快乐女士号"探险的解说词并列出发现"圣诞老人号"沉船的科学家的名字。

他注意到另外也有一个人对船头雕饰很感兴趣，斯根克正为它画像。他坐在一块珊瑚石上，帆布画板放在膝盖上。他遇到了意想不到的麻烦，画板总想从他身上跳开，飞到水面上去。为了按住它，他松开了画笔，画笔立刻"吊上去"了，消失得无影无踪。烦透了，他从皮带上取出另一支画笔，把水彩挤到调色板上。他吃惊地发现，标着红色的管子挤出来的却是绿色，黄色管子出来的却是灰色。他根据经验知道，红色的血液在20米的深处呈绿色，却没有想到其他的颜料也会同样受到影响。

小鱼云集在他和画板之间，他简直看不见自己在干什么。它们出于好奇要搞清楚发生了什么事。一些小鱼用鼻子拱着画面，把画面弄得一团糟，另一些用鼻子顶着他面罩上的玻璃。

他十分为难地发现，他只要把颜料挤到调色板上，颜料就消失了，他得再挤，但很快他注意到是鱼在吃颜料。很明显，它们对油彩有好胃口。

不过，他仍然坚持作画，而且居然画成了。为绘出包围着这古代船头雕饰的珊瑚、海草、海绵和美丽的热带鱼所构成的彩虹，用了很多颜料。头像本身就是由各种颜色和形形色色的水下生物所覆盖的。

最后他偏着脑袋，欣赏着已完成的作品，自认为制造了一件杰作。

布雷克出现在炮台甲板上，示意其他人过来。他把他们带到船尾城堡。他们惊奇地发现一个意想不到的情况：午餐的桌子已摆好了。

布雷克下水时随身带着一个装午餐的小箱，装有3小听香肠和3瓶可口可乐，现在都放在桌子上。他示意他的同伴们在长桌上坐下来。他们坐下了，带着几分困惑等着瞧布雷克在水下如何吃喝。

事实上，布雷克本人以前也从未试过。他只是见过佛罗里达州威基沃奇温泉的潜水员在10米深处嚼着芹菜，喝着汽水。他没有芹菜，不过让香肠代替吧。

他用刀尖挑开了罐头，取出一根香肠，把水中呼吸器的接口管从嘴上移开。在吃香肠的时候，不可能呼吸。

10 沉船之谜

他闭着嘴,把香肠的一头压着嘴唇,慢慢塞进去,香肠的任何一边都不留空隙,那样水就进不去。就这样,他把整根香肠都塞了进去,然后又闭上嘴,心满意足地嚼着,脸上露出得意的笑容,又重新套好接口管呼吸。

哈尔和斯根克照葫芦画瓢地做了几次,香肠吃完了。但是在海深10米的地方如何喝可口可乐仍然是令人困惑不解的问题。

布雷克博士开了瓶盖,奇怪的事情发生了。由于外面的压力比瓶子里的大得多,海水马上进去了,可以看到可乐被压缩下去了。但一点点海水并无妨碍,布雷克博士用瓶口压着他的嘴唇。

通过往瓶里呼气,可以把瓶子里的可乐挤出来,流进嘴里。他就这样喝干了一瓶。当他把瓶子从唇边拿开时,海水突然"呼"的一声灌满了瓶子。哈尔和斯根克如法炮制,也喝下各自的一瓶可乐。

喝完之后,他们上到水面,攀上"快乐女士号"。

"你们正好赶上吃饭。"罗杰喊道。

布雷克说:"谢谢,我们刚刚吃过午饭。"

但要他们再坐下来,品尝奥默的拿手好菜,并不费什么劲。不过,在开饭之前,斯根克要把他的杰作给大家看看。

带点自我炫耀的神情,他揭开油画。

大家都想礼貌一点,但这很难使你不发笑。罗杰脸涨得通红,几乎憋死。船长突然想到甲板上还有事等着他干,走开了。

这幅画确实是乱七八糟。没有一种颜色对整幅画是协调的,也没有一种东西的颜色是它在海底原来的色彩。这是由于水以它奇特的方式吸收光线,所以在海底经过10米蓝色的海水过滤的颜色拿到上面来看,当然就面目全非了。

斯根克伤心地说:"其实只要你们愿意到海底去看这幅画,你们就知道了,这幅画作得挺不错的。"

没有人接受他的邀请。谁有那么大的兴致去海底欣赏一幅画呢?

第二顿午饭后,大家都午睡了。但斯根克不睡。他说他下水去再把他的画加加工。

一个小时以后,斯根克带着个空画架子回来了。哈尔问他是怎么回事,他说:"别提了,运气不好,我都要快完工了,突然大约有百十来条鹦嘴鱼过来,把我油画上的颜料吃得一点不留。"

哈尔审视着斯根克奸诈的脸,这可能是真的,但情节未免太离奇了。

有没有可能斯根克根本没有在下面画画,那他在干什么?他不可能从沉船上偷东西。他只穿着简单的潜水裤,根本没办法把一套盔甲或一箱金条藏在身上。

他打消了怀疑,去做他的实验工作,可他老放不下心来,最后决定下水去看个究竟。

下潜的时候,他好像看见远处一个圆圆的黑家伙在蓝色的水里徘徊。那家伙看起来就像个小潜水艇,不过不可能是的。那一定是条大鱼,也许是条灰色鲸。

这个想法一闪而过,他降到了"圣诞老人号"甲板上。一入后甲板塔楼,他就大吃一惊地发现几个壁柜的门都大开着。里边空空如也。那些精美的托盘、盘子、酒杯,还有所有其他的东西都不翼而飞了。

10 沉船之谜

心怦怦跳着，他半跑半游来到上边的客舱。那个穿盔甲的人已经从椅子上站了起来，不辞而别了，两个躺在地板上的人也不见了踪影。

他下到底舱，这里还是老样子。那个小偷，或者说那些小偷，还没来得及偷走所有的东西，但他们一开始就捞了不少。

他们盗走了那个华丽的青铜雕饰了吗？哈尔连忙游过舱口来到船头，雕饰无影无踪。

他本能地觉得被偷的珍宝可能就在附近。他下潜到沙土地上，绕着船转了一圈。周围有很大的鹿角珊瑚，还有些小植物，不可能藏赃物。

他有计划地在5米之外的地方转了一圈，然后再远一点又转一圈，更远一点，又来一圈。

最后，在离沉船100米的地方，他发现地形和周围的略有不同。这里有远古火山爆发遗留下来的巨大的火成岩。在巨砾之间有裂缝和洞。哈尔仔细地搜索着这些地方，当然还得留神喜欢这些地方的鳗鱼和章鱼。

在这迷宫的中心，他发现了一个洞穴。这个洞在岩石后面一直伸入到很深的地方。哈尔打开了电筒。电筒光突然照出了一个人安详地站在洞穴的后墙边，哈尔吓了一大跳。但他马上认出这是那个和真人一样大小的尼普顿，那个"圣诞老人号"的船头雕饰。

被盗的东西都在这里，包括银的金的餐具和那3套盔甲。

只有一个人有可能做了这一切——斯根克。哈尔觉得自己浑身的血液都要沸腾了，要马上去和他算总账，要把斯根克的流氓

10 沉船之谜

本质揭露出来。

首先,他得把这些东西送回沉船去。可转念一想,不,留在这里。他要把斯根克带到这里来面对这些赃物,看他还有什么话说。他将要站在这里,被证明是个小偷,而他们也就把他当小偷来处理。

确认了洞的方向之后,哈尔怒气填膺地回到了"快乐女士号"上。一上船,布雷克就问:"下边情况如何?"

"船还在那里。"哈尔咕哝了一声。

布雷克笑了起来:"那好嘛,这是个很大的安慰。没有人能搬走'圣诞老人号'。"

"不可能一下子都搬走。"

布雷克被搞糊涂了:"你说的是什么意思?"

"很简单。我们的船上有个贼,他在偷沉船上的东西。"

躺在甲板上做笔记的斯根克不解地抬起头来。

"这可是个不得了的指控。到底丢了什么?"

"金的和银的盘子,3套盔甲,船头雕饰。"

布雷克审视着哈尔:"你一定搞错了。你感觉怎么样?深海眩晕有时候在人身上起到很可笑的作用。"

"我没有得什么眩晕病,"哈尔坚持道,"东西不见了,我知道它们在哪里。"

斯根克又一次抬头望,嘴大开着。

"我找到了斯根克藏东西的洞。"

斯根克一跃而起,逼向哈尔:"这么说你是在指控我?"

"我希望你听懂了我的话,"哈尔说,"这正是我的意思。"

斯根克马上要挥手打过来，布雷克把他推开了。他说："这很容易验证。我们都下去看看那个洞。"

斯根克大喊大叫："那太好了！没有比这更好的了。走吧，我的气罐一充了气，咱们就下去。"

确实气罐都需要充气了。要耽搁一下子，哈尔焦躁起来。可他转念一想，马上下水或者是耽误一下毕竟没有多大区别。

压缩机开动，气罐开始充气了。斯根克的行动使人信服地认为他简直等不及要下水去证明哈尔对他的指控是没有根据的。他对压缩机的速度感到不耐烦。

他说："恐怕有些轴承已经破损了，活塞也松动了。我来检查一下，我想我可以让它加速。"

哈尔不相信他的诚意。果然不出所料，他不但没有使压缩机加速，反而把它拆开了，摆弄了半个多小时。装好以后，压缩机一点也没有比原来快。又过了半个多小时，气罐才全部被充好。

在这期间斯根克的眼睛不停地在海面上搜索着什么。疑虑重重的哈尔也随着他的目光瞭望着，可周围几海里的海面上什么也没有。最后他看到海面上有一个黑东西，朝着海岛的方向去了，不过它看起来像是一条大鱼的鳍。它绕着海岛的角走，最后消失在椰子树后面。

"好了，我们走吧，"斯根克叫着，"我简直等不及了，非要你这个骗子现原形不可！"

戴上水中呼吸器和面罩后，布雷克、哈尔、斯根克和罗杰下到沉船上。然后，哈尔领路，他们游了100多米来到岩石迷宫。哈尔准确无误地领着他们穿过弯弯曲曲的小通道，来到洞口前。

10 沉船之谜

里边很黑，布雷克本来要打开电筒的，哈尔阻止了他。他把布雷克和斯根克带到一个地方，在这里只要打开手电筒，他们就会面对着被盗的珍宝。他要看看当斯根克的罪证出现的时候，他们两人有什么反应。

哈尔像个舞台调度一样，要他们在黑暗中等一会儿。这样，当光线打出来的时候，景象就更惊人，更富有戏剧效果。

经过一个印象深刻的停顿以后，他"咔嗒"一声开了自己的电筒，以此示意其他人都打开自己的电筒。

一切都置于炫目的光线之中：石头墙、洞顶、洞底，每一个石头缝，每一个角落，都看得一清二楚。

哈尔不能相信自己的眼睛，然而这不容置疑：

洞是空的……

11

夜潜

布雷克和斯根克带着质疑的眼神转身望着哈尔。哈尔一把分开他们,从他们中间挤过去,走到了洞的尽头。

他用手指摸索着石墙,好像要搞清楚这个墙是不是固体的,会不会像个屏风一样挡住了珍宝。他摸遍了每一个石头缝,他仔细检查洞底,是不是有洞,那些珍宝都掉下去了?

他知道他显得荒唐可笑。布雷克会更加深信他一定是得了氮麻醉,或是深海眩晕,这些病都会使人看见根本不存在的东西。

他是不是真的在这个洞里看到了那些被盗的珍宝?他疑惑不解,心乱如麻。也许他确实在深水里待的时间过长了,水的压力对他起了作用。或许不是那个洞!这么多岩石,这么多洞,搞错的可能性是很大的。对了,他进错了洞。

他到了外面,再仔细看一下入口和周围的巨石。他看到他特意记住的所有标志——那个巨大的脑形珊瑚,那棵十字形的鹿角树,那块向前倾斜的巨石,他当时想象着像一个大块头的老妇人。他肯定就是这个洞。

其他人升到海面去了。他又进了洞。他模模糊糊地想着那些珍宝会变魔术一样又出现了,可没有出现。

在"快乐女士号"甲板上,他走到另几个人身边,向布雷克道歉:"对不起,领着你瞎奔忙了一会儿。但我可以发誓……"

11 夜潜

布雷克非常和气。

"我很理解,底下是个陌生的世界,在那里待长了的人就会产生一些稀奇古怪的想法。你需要的是留在甲板上休息。今天你不要再潜水了。"

"也许你是对的。"哈尔疲倦地说,边说边伸展开身体躺在甲板上。

"在你舒服之前,"斯根克尖刻地说,"你要向我道歉。你说过是我偷了那些东西,记得吗?"

"如果我错了的话,我会马上道歉的,"哈尔回答说,"但我仍然不能相信,这一切都太离奇了。"

"我说是有个东西太离奇了,"斯根克轻蔑地说,"你的脑瓜子。"

哈尔没有回答。

罗杰头脑里总有些奇妙的想法。坐在那里审视着他哥哥。哈尔不像不正常的样子,他的头脑就像一块好表,你完全可以信赖。如果他说在洞里看到了那些珍宝,那他肯定看到了。突然那些怪想法从罗杰的头脑里消失了,他对布雷克博士说:

"我们忘了一件事。"

"什么事?"

"到沉船上瞧瞧,看那些东西是否真的不见了。"

"毋庸置疑,它们不会不见的!"布雷克博士很难控制自己的情绪。他的耐心受到了沉重的挑战。"看问题要理智一点。怎么可能有人从沉船上取走东西,并在水下携东西逃跑呢?他可能把东西放到洞里,但那对他有什么好处呢?没有船他不能拿走。而如果东西在洞里放得太久，我们会发现的。不管怎么说，我们发现东西不在洞里。"

"也许斯根克早已把东西转移了。"

"他怎么可能呢？"

"你忘记了当哈尔说珍宝在洞里，直到我们下去发现不在那的这一段时间里，他一直在甲板上。他如何转移，靠魔术吗？"

罗杰摇摇头，这对他太深奥了。

"另一件事，"斯根克插话，"你哥哥说，船头雕饰就在洞里，那东西像真人一样大小并且是实心铜。它一定会有200多千克重，如果你认为我有那么大的力气把它从船上取下来，并搬出100米远，那你就过奖了。"

斯根克脸上堆着自鸣得意的笑容。让这个乳臭未干的小东西去回答这个问题吧。

罗杰回答了："我就可以搬得动。我观察过那船头雕饰，它同船头衔接得并不牢固，并且断开了，只是靠在石头堆上而摔不下来。至于重量，我并不认为那东西在水下会超过150千克，在20米深处其重量会减至50千克，正好适合一个人搬的重量。"他转向布雷克，"难道不是吗？"

布雷克点点头，"但你还没有回答，如果它曾在洞里的话，怎么又会不见了呢？"

哈尔对这句话表示不满，"是在那里。"他坚持说。现在他的思想已经清楚起来。他确信所有这些都不是他的臆想。"如果你们愿意，再次同我下去一趟的话，你们就会发现珍宝已经不在沉船上了。"

11 夜潜

斯根克马上反对:"你不要拉我们下去再白跑一趟了。"

哈尔撇开斯根克认真地对布雷克博士说:"下去一趟会失去什么呢?即使窃贼染指这批货的可能性极小,查清楚对于我们来说不是更重要吗?"

布雷克深深地叹了一口气:"你赢了!就满足你的要求,我们下去一趟。"

"明天一早再干如何?"斯根克建议,"天已黑了,奥默已做好了晚饭。"

布雷克犹豫了。晚饭热腾腾的香气从厨房飘来。但他马上注意到斯根克脸上的某种表情,他说:"不,我们现在就去。"

潜入漆黑的大海,他们还没有到达甲板,就把手电筒打开了。他们进入船尾的城堡。

柜门洞开,柜内空空的。该轮到布雷克博士激动了。他走近橱柜,仔细检查,搜索了房间,看了桌子下面,随后站在那里用一种使那个道貌岸然的君子不安的眼神瞪着斯根克。

布雷克转过身来,带着大家登上台阶,走进船长室。电筒把这个大房间照得通明,几条鱼和一条章鱼游跑了。布雷克博士的电筒光柱射向了那张大椅子,自由自在地在那里坐了300年的人物不见了,倒在地上的武士失踪了。他们下楼,走出来,绕过前面的城堡,来到船头。青铜尼普顿海神不见了。

回到"快乐女士号",布雷克扯掉了接口管,他把憋在肚里要在海底爆发的怒气发泄出来。

发过大火之后,他转向斯根克。

"英克罕姆,对这一切你怎么解释呢?"

"我什么也不知道,"斯根克不动声色地说,"很明显,哈尔是唯一了解这一情况的人,情况似乎是:他下去了,东西就失踪了。他说我拿了,他干的可能性不是更大吗?"

"别扯淡了!"布雷克吼道。他陷入深深的迷惑不解之中。他知道哈尔不可能干这种事,而那个英克罕姆却有这种可能性。但是英克罕姆看上去清白无辜。那么另外有个贼吗,船长吗,奥默吗?不可能!外人怎么可能干这种事呢?这里距任何一个地方都有150海里。

"船长,你今天看到过船吗?"

"一条也没有,我们不在航道上。"

布雷克绞尽了脑汁:"看不见的家伙,他会是谁呢?

"他会把东西搞到哪里去呢?最近的地方是这个岛。明天早晨我们调查一下,在此期间,我们不再冒险了。我们要昼夜守护着这艘沉船,一小时一班,我值第一班,接着是哈尔,随后是罗杰,再就是奥默,然后我们再轮换一遍。"

"那我呢?"斯根克问。

"我们让你今晚睡个好觉。"

斯根克恶狠狠地瞪着眼,但是什么也没说。他下去吃饭了,其他人也都跟着。布雷克只吃了一点,因为吃饱了饭就下去潜水对身体不好。然后他就潜入黑沉沉的大海,拖曳而去的电筒光,就像正在离去的彗星。

一小时后他回来了,说平安无事,只是有几百条白天没有看见过的鱼从深海上来了,在围着沉船打转。

他还告诉哈尔说:"你会有许多伙伴,船上的章鱼都从洞里

11 夜潜

跑出来到甲板上过夜来了。"

哈尔在下面的时候,罗杰想睡一会儿,可想到等一会儿他得独自在夜里的海底待一个小时,使他睡意全消。一会儿,该他下去了,可能的话,他真想出 1/4 铜便士来免去这次值班。他检查了刀子是否锋利,还带了一根鲨鱼棍子。

下到舷梯的最后一级时,他在那里停了整整一分钟来鼓足勇气。没有月亮,但满天星斗。一阵冷风吹来,他颤抖了一下,情不自禁地想到了他的铺位。船上的帆、甲板以及机器油都散发出一种诱人的味。难道真的有必要看守沉船吗?

哈尔靠在船栏上,探出身来:"假如你不想下去的话,我可以再去一次。"

罗杰不知道是该感激呢,还是该发火。他一松手,向下潜去。

夜晚的天空,繁星闪烁,海里的情景同样如此。罗杰觉得自己是在银河遨游。成千上万的磷光点若隐若现,有时成排成行,有时如星状闪烁,有时如环形盘旋,红,黄,绿,蓝,紫,五彩缤纷。

罗杰想象着是什么样的生物,什么鱼,什么海蛇,什么怪物在操纵着这些光。他忍不住打开了电筒。

电筒光在水中形成了一个圆形的光束,可光束之外,一切都显得更黑,更神秘。他觉得一个大嘴巴就在身后向他咬过来。他急忙游转一圈,把电筒光射向各个方向,这更使他眼花缭乱。

他壮着胆把电筒熄灭。电筒一灭,眼前一片漆黑,连磷光也看不见了。但慢慢地,他的眼睛适应了水下数以百万计的"交通灯",他甚至能分辨出这些灯后的形体了。

有些鱼发的光可以照亮其他的东西。一群发光的海蜇把鬼火似的光照在一条似乎极有兴趣地盯着罗杰的鲐科鱼身上,它嘴一张一闭,好像在说:"喂,朋友!"一群游动的虾子照亮了"圣诞老人号"桅杆的残余部分。

他顺着桅杆下到甲板。

一条鱼游过,身后留下一道磷光,照亮了数百条正在甲板上用触手端嬉戏的小章鱼。罗杰想,决不能在甲板上停留,随即浮上去三四米。

即使在这里,这8只触手的家伙,也不会让他感到寂寞,不时像彗星一样从他身边闪过,它们所有的触手都合拢在一起,直直地拖着,这样它们的躯体就完全是流线型的。

在"星光"照耀下,石头和珊瑚的轮廓十分突出。那个巨大的5米多高的鹿角珊瑚就像约书亚树一样奇妙。一切都在不停地移动着。在白天曾经看到过的海胆、海星,你绝对想象不出它们在夜里会多么轻捷地在匆匆游动。白天静候了一天的大海鳗和海鳝,现在也出洞活跃地猎取食物,它们专捕捉那些闪光的小东西。罗杰很得意他脚上有橡胶鸭脚板,这样他可以把手紧紧靠住身体,时不时地蹬一下鸭脚板,就足够他悬浮在水里了。

黑暗中水底的声音要显得比白天大一些。他仿佛听到有人上了甲板。不会的,这只不过是条大鱼抵着沉船擦掉它身上的寄生虫。那嘎吱嘎吱的声音可能是鹦嘴鱼用它们那角状的嘴咬珊瑚时发出的。

罗杰知道很多鱼是由它们发出的声音来命名的。所以他听到

11 夜潜

的咕哝声很可能来自石鲈,呱呱声来自黄花鱼,那长声的尖叫一定来自金鳍锯鳃石鲈。

事实是,人们想象中的沉默的大海是充满了声音的。罗杰听到的仅是一小部分而已。鱼群首领低沉的声音,就好像老先生在讲课;大肚鱼就像老太婆一样喊喊喳喳,喋喋不休;石首鱼在击鼓;海豚喷着鼻息;鸣鱼像蟋蟀或蚱蜢一样引吭高歌。

可对罗杰来说,他听到的每一种声音都是那个看不见的人又到"圣诞老人号"上偷东西来了。有十几次他好像听到有人在偷偷地越过舷墙,但每一次都证明是一条鱼或是章鱼而已。

他不再拧开电筒了,因为那样马上就会暴露他的位置,就会从后面受到攻击。他靠近桅杆,这样桅杆的影子和他的影子就会重叠在一起。即使这样,他还是觉得不安全。过路的章鱼的"嗖嗖"声,会使他大吃一惊;好奇的鱼时而用鼻子撞他一下,令他魂飞魄散。而当看不见的敌人突然袭击他时,他也许根本就不知道。这么多财宝就在手边,他们动手杀人是连眼也不会眨的。他怀疑斯根克,可斯根克一个人绝对干不了这种事。也许是他把东西搬到洞里的,可又是谁把它们从洞里转移的呢?不可能是斯根克转移的,他当时在甲板上。这当然也不可能是章鱼或其他海洋生物干的,肯定是人干的,如果这些在水下生活的东西也叫人的话。他们会不会是一种不用肺而用鳃呼吸的另一类人呢?罗杰浮想联翩。

一道白光倏地从通往底舱的升降口射了出来,罗杰大吃一惊。有人在底舱!他正在借助手电筒的光观察那些珍宝,看看再偷什么。

罗杰应该先上去求援。但他们得穿游泳衣，戴面罩及水中呼吸器、腰带、鸭脚板等，他们下来得过好长时间，那时盗贼早就满载而去了。

也许能把这些贼吓走。罗杰解下重力腰带，拿着半千克重的铅盘使劲地不停地敲击着桅杆。枯燥的敲击声传到船里，可以听到空旷的沉船空间发出的回声，任何在船上的人都会被这隆隆声吓坏的，因为它很明显不可能是鱼发出来的。

但底舱的光仍然存在，也没有人从升降口出来。那个家伙一定是个聋子，也许电筒光可以吓住他。

罗杰把手电筒光直射进底舱。他把手电筒到处移动，又不停地开、关。手电筒的光很强，足以盖住下面甲板上发出的光，但没有作用。

罗杰注意到底舱的光很奇特。它不停地变幻，不停地跳动，忽而明亮，忽而昏暗。电筒的光怎么也不会是这个样子的。

他把鸭脚板向上一蹬，下沉到紧挨没有盖住的升降口的地方。他稍稍停顿了一下，给章鱼以足够的时间散开，然后就降到甲板上。手抓住舱口栏板，把头探进底舱要看个究竟。

一个可怕的景象出现在他面前。罗杰从不信有什么海蛇，可这不是海蛇，又是什么呢？

这个蛇一样的怪物疯狂地从这头翻腾到另一头，搅动着成千的小鱼和其他生物，使它们的光细胞达到最活跃的程度。这东西不像蛇那样圆，而是扁的，就像条巨大的带子，两边银光闪闪；一张小嘴巴，两只深陷的吓人的小眼睛。不过最奇特的地方是它像马一样从头到脖子上都直竖着火红的鬃毛。当这个家伙从这头

11 夜潜

到那头狂暴地冲击的时候,它的摆动翻飞的鬃毛就像神奇的烈火缠绕着它的身体。它的脑袋后边有两只看着像匕首一样锋利的大角。

它一定是像许多其他深海动物一样到上面来过夜而误入了底舱,现在急于找个出口脱身。

对动物园来说该是个多么稀有的展品啊!罗杰从没有在哪个水族馆见到过这东西,可怎么才能抓住它呢?别说连条绳子都没有,就是有绳子,他也不敢进去啊!那家伙的嘴巴虽然小,可看起来很厉害,还有两只匕首般的角,就是它的尾巴也可以把人打得失去知觉。

他使劲去搬那个古老的铁舱口盖。它的一边被藤壶紧紧地粘在甲板上。他用刀子一点一点地把藤壶撬开,虽然舱口盖在水里的重量只是在空气中重量的小部分,但它仍然十分沉重。罗杰最后慢慢地把它搬起,盖住了舱口。

然后他回到"快乐女士号",晃醒了哈尔和布雷克,告诉了他们他发现的东西,然后也不等他们,抓着一个网就又下水了。

他把舱口盖拖开,把网子铺开盖住舱口,而且沿着舱口边缘紧紧贴牢、拴住。

迟早这个大海蛇,不管它叫什么东西,会发现这个出口而一头撞出来,正好撞到网里来。然后呢?他一个人无论如何也不可能把这个家伙弄上去,他多么希望他们快点下来。

他们终于来了。布雷克很赞成罗杰的安排。他惊讶地望着这条有红鬃的大蛇像锯齿形的闪电一样,从底舱一头蹿到另一头。有好几次这条闪电般的"海蛇"差一点就撞到网里来了。布雷克

11 夜潜

把网子解开,他们3人拉着,这样网子可跟着大蛇移动。

忽然大蛇从舱口冲出来了,他们连同网子一起被带离甲板好几米。他们很快就把网子收拢,这暴怒的家伙被逮住了。

在网里,这家伙蠕动着,撞击着,扑打着,把网子搞成了各种各样的形状。它一下子向罗杰冲过去,牙齿咬伤了罗杰的胳膊。他们还得格外提防它那闪动的角和摆动的尾巴。

到了船边上,布雷克让船长丢下一条绳子,他们把网子紧紧捆住。这个狂怒的乘客被拖上了甲板,丢进水槽。在水槽里,它终于从网子里解放出来,一下子在水槽里翻腾得水花四溅。

"这是一条桨鱼!"布雷克喊道,"足足有7米长,这是一条年轻的鱼。假如它能活下去的话,可以长到十二三米。"

"它看起来像条大海蛇。"罗杰说。桨鱼这个名字对罗杰来说太不够味了。

"它是大海蛇,至少水手们是这样称呼它的。它生活在深深的海水中,但有时也到水面来。它那火红的头,接近10米的弯弯曲曲的身体,你怎么能抱怨那些看到它的人说它是海蛇呢?"

"所以它到底不是条海蛇。"罗杰丧气地说。

"对,不是蛇,也不是鳗鱼。它是鱼,因为身体扁平像桨,所以叫作桨鱼。但你不用灰心丧气的。这是个一流的捕获品,是我们抓到的东西中最好的。我觉得应该犒赏你:今晚不再值班了。"

罗杰没有拒绝这个犒赏。他十分感激地脱下潜水衣,穿上睡衣,躲进了自己温暖的被窝。

12

吃人的蛤

平静的海水在早晨斜射的阳光下闪闪发光。小艇划破海面，向小岛疾驶而去。布雷克、哈尔、罗杰以及斯根克都在船上。

布雷克曾想过把英克罕姆留在船上，但转念一想又觉得带着他也好，利于监视他。他怀疑这个家伙，虽然对哈尔不利的证据要比他多。

布雷克关掉了马达，但并没有把船驶向沙滩。他跳下船，进入浅水区说："我和英克罕姆搜查这一边，你们俩把船开到那一边。我们搞完了就横穿过小岛去找你们。假如你们发现了赃物就吹口哨。"

哈尔不喜欢这个安排，他不能把布雷克留给他最凶恶的敌人。斯根克的威吓铭刻在哈尔的心头。他不是说过布雷克将遭横祸，而他斯根克要成为"快乐女士号"的主宰，而且还说过如果找到财宝的话，他斯根克将攫为己有吗？这家伙也许是吹牛，但也许不是。

所以哈尔建议说："我们都在一起是不是要好些？"

布雷克已经在蹚着水向沙滩走去，这时他转身问道："为什么？"

哈尔含含糊糊地说："只不过是个想法。"他不能说他担心他这个指挥者没有自卫能力。

12 吃人的蛤

"我们分开就可以快一倍，"布雷克说，"来吧，英克罕姆。"

小艇"咔嚓咔嚓"地开走了，机器的噪声划破了早晨的寂静，逐渐消失在远方。布雷克和斯根克沿着沙滩，靠近树走着，仔细寻找着有没有船龙骨留下的痕迹，或人的脚印，或一堆火灰，或一个空的罐头盒，或矮树林丛中的一条小道，或其他任何一种最近有人登陆的迹象。

棕榈树和露兜树在沙滩上投下它们细长的树影。时不时地，椰子"扑通"一声落了下来。信风就像冰凉的饮料一样使人精神为之一振。

湛蓝色的天空万里无云，这种情况只有在南海或者沙漠里才能看到。这天的早晨是那么美好，什么不愉快的事都不可能发生。

但斯根克却在打着坏主意，机会就在眼前，50万美元就要到手了。为50万美元，什么事不能干？

但怎么下手呢？溜到布雷克身后，一刀扎在他的双肩中间是最简单的了，但那会引起新的麻烦。布雷克失踪了，他斯根克就得挨骂。假如尸体被发现，刀口就会成为证据。

要不就连哈尔、罗杰一起干掉，这样就没人多嘴了，但那样太困难。经验告诉他，哈尔不好对付，罗杰跟他哥哥差不了多少。

他们来到一个小海湾的海岸边。海湾的后面，几百米高的悬崖耸立在水中。

布雷克说："他们绝不可能在峭壁上着陆，所以我们不必爬上悬崖绕着海湾转一圈。我们游过去怎么样？"

"当然，为什么不呢？"

他们的汗衫，蓝布工作服，帆布运动鞋都会打湿，但很快就会干的。

布雷克走到水边："在涨潮，涨得很快。但水还很浅，我相信我们几乎可以走过去。走吧！"

他们蹚水前进。开始的时候，水及腰部，然后到胸部。底下是平滑的、坚硬的沙地，涨潮的水冲击着他们的身体，他们不得不朝大海倾着身子来抵抗冲击力。

斯根克一下子撞到了一个坚硬的大东西。他原以为是石头，可低头一看发现是个巨蛤。它的壳刚刚"啪"地合住，差一点把他的手指头咬进去。

他刚刚要告诉布雷克，忽然灵机一动，觉得不说为妙。一个新的计划冒了头。当"快乐女士号"刚开始靠近这个岛时，他们就发现浅水里有很多巨蛤。这些东西的贝壳有两米宽，重达400千克。它们就躺在海滩底下，大嘴巴总是张着。不管什么东西，只要从嘴巴里经过，马上就会被紧紧咬住。这种巨蛤不一定对人肉特别感兴趣，但多少游泳的人都被它可怕的夹子抓住了，所以它成了名副其实的吃人蛤。

水渐渐深了，得游泳了。斯根克抢到布雷克前边，一边游，一边留神着海滩底。就在他感到失望了的时候，忽然看到一个很大的巨蛤就在前面。

斯根克小心翼翼地游了过去，然后停了下来，挡住布雷克的道，"休息一下吧。"他说。布雷克也停了下来，用脚去探寻海滩底。

12 吃人的蛤

顷刻之间，布雷克大叫了一声，疼得脸色大变："鲨鱼！它咬住了我的脚。"他抽出刀，把头埋下水，马上又冒上来说："不是鲨鱼，是一只魔鬼蛤。"

现在水浸到他的下巴。海水在涨潮。几分钟以后，顶多7~10分钟，他的嘴和鼻子就会没入水中。现在是他痛入骨髓的时候，然而他的声音却很平静。

"听着，斯根克，我告诉你该怎样做。它太重了，搬不起来。想从底下把它砍开是不可能的。唯一可行的办法是，进去砍断它的蝶铰。"

"这个任务可够艰巨的，是不是？"

斯根克的声音里有点什么东西使布雷克感到不快，"是的，这很难，但只能这样办。把壳的边缘割掉，割开个能让你的手进去的口。然后往里探，直到底部，割掉它的闭壳肌。"

斯根克犹豫不决。是让这个傻瓜知道他的末日到了呢，还是继续让他抱着希望？让他幻想吧！复仇真使人痛快，他要尽量享受这种快感。

他抽出刀，下潜，装着在切巨蛤的壳。憋了近两分钟，他出来了，水又涨了一些，到了布雷克的下巴了。

"得出来换口气。"他解释道。

"当然了。"

布雷克耐心地等待着。只有从他扭曲的脸上，才能看出他正在遭受多大的痛苦。斯根克倒是想听到他咒骂、发火、哭喊，由于恐惧和疼痛而发狂。布雷克的镇静让他失望。

"喂，"布雷克说，"你还没有准备好再下去吗？"

"好了！"

斯根克下去了，磨蹭了足足3分钟后他再也憋不住气了，才又出现。

他呼哧呼哧喘了一会儿气，才说："对不起，我在那儿挖不成个洞。"

布雷克的嘴差不多就在水下了，但他还是吃力地说："不要紧，你已经尽力了。现在还有一个办法：砍掉我的脚。"

就是恶棍斯根克在这样的建议前也退缩了，"我不能这样干。"他说的是实话。

布雷克想，这个可怜的东西，不能怪他，他是个胆小鬼。于是就说："我自己来吧。"他拔出刀，没入水中。

斯根克控制不住，浑身发抖。他觉得自己也要被钳住，将和他的敌人一起淹死。他游上了岸，站在沙滩上发抖，他不敢回头。

最后当他回过头时，他什么也没看到。他睁大了眼睛，望了5分钟也没看到任何东西。潮水已开始冲着他的脚了。

他转过身，在迷乱中沿着他们来的路在沙滩上走着。

他其实没打算这样做。他实际上什么也没做。是那个大傻瓜冒冒失失入了一个水下陷阱，那怪谁呢？只有怪他自己。

一个十足的傻瓜！直到生命的最后一刻，他还坚信斯根克会帮助他。那个布雷克，他对人类的本性太轻信。斯根克想大笑几声，可笑不出来。他有一种感觉，觉得自己太低劣了。这对他来说是一种很奇特的感受。他应该欣喜若狂，他的敌人已经除掉，50万美元就像是他自己的一样了。为什么他的嘴巴就像抽了许多

12 吃人的蛤

烟一样又干又没味呢?

斯根克绕着小岛兜圈子,最后碰到了哈尔和罗杰。他极度疲劳地倒在地上,他头痛,他紧张,脉搏像一群小鱼一样乱撞不停。

"布雷克在哪里?"哈尔问。

"他绕着另一条路走了。我原以为到这个时候他也该到这里了。"

哈尔仔细地审视着他:"你看样子累坏了,出了什么事?"

"没事,我晒太阳晒得太多了。"

"那边面包树下有阴凉。这边我们已经看过了,我们打算进去看一下潟湖沿岸。布雷克来了,就叫一声。"

哈尔和罗杰在通往潟湖的矮树丛下、浆果丛中、马缨丹、西米椰子、棕榈树和露兜树之间搜索着。他们眼睛睁得老大,但往两边的丛林中他们顶多只能看几米远。

哈尔说:"这真像在干草堆中找针。我们连百万分之一的机会也没有。"

"你为什么会觉得东西一定在这里呢?"罗杰对这些和棕榈叶柄针一样的荆棘的边缘感到腻烦极了。

"只不过我觉得他们没有别的地方可利用。假如周围有船,那我们早就看见了。但不管用什么方法,这些走私者一定一直在观察着我们。当我们找到沉船位置以后,他们就方便多了。他们不费吹灰之力就拿了尽量多的赃物,藏在岛上,我们一离开,他们就搞个船来运走。"

他们走出丛林,来到潟湖。潟湖四周是美丽的沙滩,现在差不多被涨潮的水淹没了。在很多地方，在水和树根之间根本无路可走，他们只好蹚着水，这可就慢多了。

想着也许布雷克经过了这条路，他们在被淹没的沙滩上寻找着他的踪迹。但很快就放弃了。即使有脚印，涨潮的水也早把它们冲掉了。

他们用了整整一个小时环绕潟湖。又过了一小时，在面包树下和斯根克会合了。

没看到布雷克，他们感到很惊讶。

哈尔感到担心了："这很奇怪，他早该到这里了，一定是出了什么事。"

"会出什么事呢？"斯根克冷笑道。

"不知道，说不定脚踝扭伤了。"

再没有其他的字眼能使斯根克更震惊了。布雷克的脚踝夹在巨蛤嘴里以及布雷克想把自己的脚砍断的徒劳都出现在斯根克眼前，他禁不住抖了起来。

哈尔注视着斯根克。他发现斯根克手发抖，脸色发红，眼睛发出狂热的光。只在太阳底下走一走是不会出现这种情况的。哈尔疑心顿起。他忽然弯下腰，一下子把斯根克的刀从刀鞘里抽了出来。

"你到底想干什么？"斯根克埋怨。

"看看这把刀。"

"哦，那当然可以，"斯根克不在乎地说，"不过你可以跟我要啊，是不是？"

哈尔仔细检查着。当然，斯根克可能洗过，但说不定在刀片

12 吃人的蛤

的斜面上,在刀柄的纹路里可以看到血迹。他仔细搜寻,但什么也没有发现,就把刀抛回给斯根克。

"万一我发现这里边有什么欺诈行为……"哈尔严厉地说道。

"唉,别这么演戏似的啦,哈尔,"斯根克打断了他的话,站起身来,开始向小艇走去,"你要是真想找到布雷克,为什么不马上上小船,而硬要站在这里出自己的洋相呢?"

这个举动倒使哈尔吃了一惊。斯根克原来好像不愿去找布雷克,而现在却在带路了。

而对犯罪狂斯根克来说,他刚刚想到这一点:与其隐藏布雷克的下场,倒不如公开为好。如果找不到布雷克的尸体,他们始终都会认为是自己干掉了他。

现在一个新的恐惧折磨着他。他们得赶快,赶快。假如巨蛤松了口,怎么办?潮水把尸体冲跑了,怎么办?那样对斯根克就不妙了,他就不能证明布雷克并非死于他的暴力了。

他们坐着小船,靠近海岸,围着小岛兜圈子。不时地,他们停下发动机呼唤布雷克,但没有人应。

当他们到达灾难的海湾时,斯根克的思想十分混乱。他如何能把他们领到那个地点,又看不出是带去的呢?如果他在操纵舵柄,那就容易了。可是哈尔在船尾坐着,仍在海岸边游弋。

斯根克说:"动动脑筋,哈尔。他不会爬上那座山再下来的,他会游过去。"

哈尔坚持不改变方向:"悬崖底部也许会有很宽的海滩让他转转。"

但当他来到悬崖脚下时,他发现水很深。即使在低潮时,也不可能有海滩。斯根克是对的，布雷克一定会游过去。也许他在途中淹死了。像布雷克这样的游泳好手为什么会淹死，真使人迷惑不解。除非是斯根克一手导演的暴行。

他把船开到一个最适合横渡的地点，于是他关掉发动机，告诉罗杰慢慢划着小艇。

尽管斯根克的刀刃上缺乏证据，但哈尔依然有几分相信会发现布雷克淹死的遗体的双肩之间有刀伤。

他从贮藏箱里找出一副面罩戴上，把头伸入水中。水下的一切他看得很清楚。

小船从一只巨蛤的上方经过，它的上下壳张开着。接着，在前面，他隐约地看到另一只巨蛤，双壳咬着什么东西，很可能是条大鱼。靠近一看，他看清楚了那东西是什么，他的心猛地一沉。

"停，"他对罗杰说，"找到他了。"

他潜下水去，把刀从壳的稍稍分开的边缘一直扎进去，直到割开一个可以把胳膊伸进去的口。然后把手伸进去，把刀捅进那个巨大的闭壳肌。大贝壳张开了。

哈尔把布雷克软绵绵的躯体托到水面上，另两个人帮着把他拉进船里。

哈尔跟着进了船，把布雷克的湿衬衣脱掉。布雷克的前胸、后背都没有伤，脚踝子上却有深深的伤痕。哈尔自以为明白了到底是怎么回事。

"他在横渡时被巨蛤咬住了。他想把脚割掉，但刀子不得心应手。他还没来得及砍掉脚，潮水就上来了，把他淹死了。"

12 吃人的蛤

　　有一件事明白如镜。布雷克的死是个偶然事故。斯根克是清白的,虽然他爱吹牛,又爱搞卑鄙的诡计,但毕竟还不是凶手。哈尔内心得到了一点安慰,因为他从来也不愿把斯根克想得太坏。

　　3个人默默无言地坐着,各自想着自己不愉快的心事。小艇载着它沮丧的乘客向帆船驶去。

13

海底葬礼

布雷克生前无比热爱海底五彩缤纷的世界,他用毕生的精力来研究它的奥秘。他曾两次表达了他将来希望能像儒勒·凡尔纳故事中的海员一样被埋葬在秀美、静谧的珊瑚园的愿望。

按他的遗愿,哈尔和罗杰选好了墓地。

在离"圣诞老人号"不远的一个十分美丽的珊瑚园里,他们找到了一棵十字架形的壮丽的麋角珊。它直立的杆子有5米高,横臂有两米宽。

但对一般坟墓十字架来说,它的优越之处还不是大小,而在于它并不是由死的花岗岩或大理石做的,它是由数以百万计的布雷克的"小朋友"——珊瑚建筑师组成的。所以它是一个活的、不断生长的"十字架"。

它的表面似乎嵌进了数不清的五光十色的珠宝。这些珠宝在透过20米的海水照射进来的柔和的阳光下熠熠发光。这个"十字架"做一个国王坟前装饰也是相称的,兄弟俩认为布雷克完全有资格拥有它。哈尔和罗杰用十字镐和锹在"十字架"下挖了个坟墓。

回到船上,他们参加了由艾克船长主持的海上葬礼仪式。

裹着帆布和国旗的科学家的遗体从船舷边被放下水去。5个抬"棺"人,包括坚持要来的奥默和从没用过水中呼吸器的艾克

13 海底葬礼

船长,抬着裹着的遗体向深水潜去。

这样的送葬队伍也许从来没人见过。他们看起来就像是奇形怪状的火星人,头上戴着面罩,背上背着气罐,头朝下,用巨大的带蹼的脚蹬着向海底前进。

到了海底后,他们迈着缓慢的步伐,穿过由巨大的菊花似的海葵,壮丽的扇形、冠状珊瑚和云集在一起的细小的彩虹般色泽的小鱼组成的海底公园,走到珠宝"十字架"的脚下。

他们恭恭敬敬地把这个大海的情人放进他的珊瑚坟墓,把洁白的沙填进坟,又用大堆的珊瑚堆砌在上面以确保安全。

坟上还有鲜花开放。色彩斑斓的海葵和柳珊瑚在珊瑚礁的缝里摇曳、晃动着。

这是些永远开不败的花。多少年,多少世纪可以过去,但这些花将不断更新,永远明媚鲜艳。

就这样,在这个没有建筑物的花园中,在这个活十字架脚边,在这块美丽的地毯下,他们留下了自己的朋友,让他永远安息于此。

14

绑架

悲伤的送葬者回到了"快乐女士号"。

但是,他们不能老沉浸在悲哀中,还有工作等着他们做。整个白天,奥默不停地巡视沉船,现在得安排夜间看守。

哈尔安排着,"趁还有点亮的时候,罗杰,你先下去。过一个小时我来,再过一小时奥默下去,然后再从你开始。明天我们就开始把货往上搬。"

"你是谁,在这里发命令?"斯根克冷淡地问。

哈尔很吃惊:"不是我,还能是谁?你不会觉得你……"

"你难道忘了除了布雷克我是第二把手吗?"

"他可从来没这样说过。"

"也许没用口头表达过,但他请我来,难道不是因为我是个有经验的潜水员而你却不是吗,难道不是他让我负责教你和你那个娃娃弟弟学用水中呼吸器吗?"

哈尔气愤地面对着他:"那是在他发现你是个骗子,又是个懦夫之前的事。当他一识破你,他就马上安排你下一班飞机就开路,这个安排到现在还算数。"

斯根克傲慢地笑了:"对不起,我的计划已经改变了,我就留在这里,你得听我的命令。"他听到艾克船长鼻子里哼了一声,就穷凶极恶地转身面对着船长说:"你也一样得听我的,你这个

14 绑架

皮包骨头的死病佬！"

这个皮包骨头的躯体上的一只长胳膊立即摆了过来，伸开的五指狠狠地打在斯根克的脸上，一下子把他送到甲板对面的船栏底下，堆成了一团肉。

"反了！反了！"斯根克尖叫着，"我一定要叫你们知道谁是这里的主人！"

他跳下底舱，马上拿着一把左轮手枪来了。

"听着，都给我在船栏那里排好队。我给你们每人一秒钟时间说出来谁是老板，到时不说我就送你们回老家。开始了，排队！"他挥舞着手枪。

没有人急忙跑到船舷边去，相反，哈尔开始向斯根克走去。

"回去！"斯根克大喊着，像个疯子一样跳着，手里的枪使劲地颤动，"回去，要不我就给你一颗子弹。"

艾克船长急了，说道："小心，哈尔，他疯了。他什么都干得出来。"

哈尔回答说："不，他没那个胆量开枪。他杀人都要用间接的方法：往口袋里放条响尾蛇啦，往头盔里放只蝎子啦，或是请石鱼代劳啦……"他停住了，盯住了艾克船长："或者是一只巨蛤！"

斯根克用巨蛤杀了布雷克这个想法像闪电一样在哈尔的脑海闪过。哈尔想象不出来他是怎样使阴谋得逞的，但斯根克正是惯用这种方法害人，就像他使用过响尾蛇、蝎子、石鱼去害人一样。什么他警告了罗杰关于那条鲨鱼但罗杰没来得及跑了，什么绞车出了毛病了，这都是一个模子里刻出来的把戏。除了鬼鬼祟祟，他一事无成。他没有在光天化日之下做事的勇气，他不会开枪。

哈尔离他更近了。

"再走一步，你就完蛋！"斯根克号叫着，脸气得发黑，眼珠都要突出来了。

哈尔不止前进了一步，他迅速抢上几步，一下子把斯根克的手枪打飞。哈尔卡住斯根克的脖子把他按倒在甲板上。

斯根克像鳗鱼一样，肌肉发达而又光滑。他从底下翻起来，跳起身，对着哈尔的脸就是一脚。要不是哈尔在那一瞬间躲得快，他还真的就被踢中了。可哈尔这一躲不要紧，他的对手一脚踢到一个铁柱子上。斯根克痛得大声号叫起来。

大家哄笑起来，这更激怒了他。他挥舞起一根重力腰带，那上面有6个铅盘。他用尽全身力气对着哈尔抽过来，哈尔忙退到一个桅杆后面。腰带一下子缠在桅杆上，腰带的一头对着斯根克甩了回来，铅盘正好甩在他头的侧边，差一点把他打倒。

先是铁柱子，再是桅杆，在旁观者们看来就像是船在和斯根克打架。"快乐女士号"全副武装来对付他。

他扯来了吊杆下面的支架。这是个用很重的木头做的剪刀形的架子，是用来防止吊杆摆动的。斯根克跳上船栏想把支架做棍子去打哈尔的头。

当时正在刮风，恰好这会儿吊杆顺风向摆动，猛地击中斯根克，一下子把他从船栏上打入水中。

"快乐女士号"做了判决，它似乎在说："滚开吧，别玷污了我的甲板。"

14 绑架

斯根克的手抓着了舷梯，这时他听到了哈尔的警告："假如你回到船上来，就将戴上手铐，作为谋害布雷克博士的凶手被抓起来。"

"可笑……"斯根克说。

但当他抬头看见一排探到船栏外边低头怒视他的面孔之后，知道狡辩下去也没用了。他的船友们，连同这条船都不想要他。他愚弄他们只能是最后一次了。

好吧，差不多是最后一次了吧。他向岛屿望去。距离一海里，对一个游泳能手来说，不是难事。他一转身背向"快乐女士号"，冲滑出去。

哈尔觉得心里不痛快，他转向艾克船长商量道："我们是不是应该把他抓起来？我们可以乘小艇追上他，把他带回来。"

艾克船长摇了摇头："让他走吧，孩子，摆脱了他是好事。在法庭上对他不利的东西你什么也证明不了。没有证据，谁也证明不了他动了布雷克一个手指头。我们把对他惩罚的权力留给天空和大海吧，如果我没弄错的话……"他凝视着西方那一团翻滚的白云和黑云，又继续说："天和海要准备惩罚什么人了。"

意料中的天气变化并没有马上就来。当天晚上，大海平静，天空晴朗。罗杰第一个下水值班，幸亏海底深处还不是十分黑暗。由于布雷克出了事，所以每次当一条大鱼游过来，或是一个奇怪的声音传到耳膜，都会使他的神经末梢直竖起来，就像豪猪身上的刺一样。

他就像一架直升机一样在"圣诞老人号"甲板上方盘旋了一会儿。然后，想干点什么，他游下底舱，打开手电筒。

他立即发现有情况。有几只珍宝箱不见了。

这不可能是斯根克干的,因为他已到岛上去了,而没走以前,他参加了送葬的行列。

任何不了解奥默的人都会怀疑是他干的,因为白天是他留下来守护的。但罗杰是宁肯怀疑他的亲哥哥也不会去怀疑他们的这位波利尼西亚朋友。

肯定是趁奥默没有监视的空隙,那个看不见的人又盗走了一些东西。

这也不能怪奥默。他不时地到沉船来查看,他能做到的也不过如此了。由于水压对人体的损害,谁也不能长时间地在水下停留。那个窃贼是看准了时机,在没有人看守的时候溜到沉船上来的。

他肯定还要来偷,也许他这会儿就来了,因为外边没有人,似乎现在无人守船。

在一阵恐慌之中,罗杰箭一般冲到外面,竭力装出一副吓人的样子。他并非真的感到危险,只是受了惊吓。光线越来越暗淡,海里移动的东西都是模模糊糊的一团,这些东西可能是鱼,也可能是窃贼。不管他再怎么睁大眼睛,也无济于事。他这一小时简直有5小时那么长。终于哈尔来了,他解脱了。出水之前,罗杰把哈尔带到了底舱,让他看到又丢失了货物。

哈尔很惊讶,跟罗杰一起游出了水,上了"快乐女士号"甲板。

哈尔扯下嘴上的呼吸管,好发泄一下憋在肚里的怒气。

"奥默,快从床上爬起来!艾克船长,今晚不能睡了!我们

14 绑架

得马上抢救货物,现在就开始!"

奥默和船长钻了出来,眨着眼睛。船长说:"夜里不合适吧……"

"他们正在偷货,我们连让他们再多拿一个达布仑①的机会也不能给了。小东西我们用篮子和桶提上来,大家伙铁人可以帮忙。快把铁人装起来。"

大家齐心合力干了起来。艾克船长负责甲板上的事,其余的人准备下水。

铁人从底舱弄了上来,哈尔钻进去后,它就下水了。它胸前的两个探照灯也打开了。哈尔通过电话发指令,艾克船长控制着货物吊杆,把铁人送到沉船底舱的舱口,让它沉下去。它一下去,就抱住了一口大箱子,然后发出出水信号。

同时罗杰和奥默从船上的各种各样的篮子、桶、网袋里挑出合适的,带着下到沉船,装满小东西。他们上上下下忙着,一点点地把"圣诞老人号"的财宝运到"快乐女士号"的船舱里去。

他们一小时一小时不停地工作着。中间偶尔停下休息一会儿,给气罐充气。

将近午夜时分,罗杰发现只有他一个人在底舱里。哈尔和铁人送一个青铜缸上去了,奥默也随后上去给气罐充气。

罗杰正忙着往一个密眼网袋里装金条时,忽然感到有人拍他的肩膀。是奥默回来了,还是一条鱼,或是章鱼的触手?

他把手电筒转回来一照,正好和两个戴面罩的人打了个照

---

① 达布仑:一种西班牙古货币。——译者注

面。他立即站起身把手伸到腰上，这才知道刀已被从鞘里抽出去了。

他一拳打出去，很满意地把一个人的水中呼吸器的接口管从对方嘴中打落，这一来对方至少要噎一下，呛几口水才能重新接好。但他马上便感到两臂被紧紧抓住，正在被推上去。出了底舱口，两个绑架者一边一个，使劲蹬着鸭脚板，急速地架着他走。

他们周围闪烁着星星点点的光，是夜间从深水到浅水觅食的深水动物发出的。在这微弱的光下，珊瑚园和科学家坟前那个孤独的十字架依稀可见，接着他们又漂过岩石迷宫。

过了迷宫他们下降到海底，好像停在一块巨石旁边。但手电筒一照，罗杰知道了这是一只他在特鲁克潟湖看到过的日本潜艇，与在那里演习的一模一样。

潜艇的左边是太平舱。一个家伙推开了活板门，罗杰被推了进去，门随后就关上了。

他听到了水被空气排走的呼呼声，接着脚下的活板门开了，他跌下了潜艇的内舱。

活板门又自动关上了，他又一次听到呼呼声，这次是水压走空气的声音。然后这个程序倒着来了一遍，马上里边的活板门开了，捉拿他的人之一跌下来，另一个也很快下来了。

他们吐出接口管，脱掉面具，露出了罗杰不愿看到的面孔。现在他落在这些恶棍手里，是绝不会有好下场的，他们的脸永远都是扭得那么丑陋，他们的眼睛就像海鳗的眼一样凶恶。

很显然他们对潜水艇很熟悉。他们现在已开始推拉十几个装置，好像很内行似的。他们急于要离开，所以根本没注意罗杰。

14 绑架

压舱槽的水哗哗地排出，潜水艇增加浮力，从海底浮上去，电动机扑扑地启动螺旋桨。一个人坐在舵轮旁边，眼盯着罗盘，另一个盯着回音测深仪。这个仪器可显示出潜水艇和海底的净空。

随即罗杰脚下的甲板往上倾斜得更陡了，似乎潜水艇要到水面上去。开船的那个人紧盯着潜望镜。过一会儿，发动机停了，头上的舱口打开，夜晚的新鲜空气飘了进来。其中的一个人，左眼上长疤的那个，粗声粗气地说："好了，小家伙，航程结束了。"

罗杰从舱口爬了上来。那两个人跟着，吃力地提着一口显然是从沉船上偷来的箱子。

疤癞脸发指示说："跳下去，游上岸吧。接待委员会在沙滩上等着你呢。"

罗杰游了一会儿，又蹚了一段水，上了岸。一个黑乎乎的影子站在沙滩上。罗杰听到了一声低低的笑声，是斯根克在笑。

斯根克说："很高兴你来入伙。我们没什么好招待，但有一点你尽管放心：我们会尽力使你不好过。"

疤癞脸也蹚水上岸了。

"你把我的条子留在那里了吗？"斯根克问。

"当然了，老板。就像你吩咐的那样把它捆在桅杆上了。"

罗杰脑袋里塞满了问号，但他闭口不问，问他们也不会说实话的。

"喂，请你跟着我，"斯根克保持着他的假斯文，"并请原谅我走在你前面，因为我碰巧知道路。"

他带路进入了灌木丛，亮着手电筒。两个恶棍一边一个紧挟着罗杰，想跑出灌木丛那是妄想。

他们小心地在树丛中走了20~30分钟，然后来到一个小块林间空地上的帐篷前。

"见笑，见笑，"斯根克说，"这就是家了，可爱的家。生火吧，查勃。在你回沉船之前，我们来顿夜宵。"

像一般男孩子对吃的东西感兴趣一样，一听到夜宵，罗杰的耳朵就竖起来了。

"不过，我们的客人可是什么也不需要的。"斯根克又说，"当你神经紧张时，吃东西不好。"他把手电筒的光直对着罗杰："你很紧张，是不是？"

罗杰再也不能忍耐了。

"就是这样的紧张！"他说着一拳打出去。由于这一拳太突然，斯根克一下子被打得东倒西歪。罗杰迅速扑上去，狠揍他那张沾沾自喜的脸。

那两个家伙立刻上来把他拖开，在一棵树桩子上使劲撞他的头，一直到他昏死过去，然后，丢下昏过去的罗杰，去吃他们的夜宵了。

15

海底激战

铁人进了"圣诞老人号"的底舱。透过这个金属家伙的石英眼睛,哈尔向外张望着,但却看不到罗杰,哈尔很奇怪。

这家伙是不是干活干累了,跑出去玩了?

哈尔马上通过电话告诉了艾克船长:"我没看见罗杰,叫奥默快点下来找找他。"

5分钟后,奥默才给他的水中呼吸器充上气,下到沉船来。他仔细看了底舱,然后又上了甲板,查看了两个船头堡。他游出几码后围着船兜了个圈子。最后他上船告诉了艾克船长,船长用电话告知哈尔。

"奥默搜索了整个沉船,并绕着它转了一圈,但找不到你弟弟。"

"把我吊上去吧。"哈尔说。

铁人上来了,抱着维纳斯大理石雕塑。这也许是总督从前花园里的装饰品。黑色的魔怪和白色的女神热烈拥抱着冲破了水面,升入空中,然后又下到甲板上来。"让我出来!"哈尔命令。活板门门闩被打开,哈尔爬了出来,马上要他的水中呼吸器和面具。

"我们下去再看一看。"

他们彻底地搜索着沉船,仔细查看每一个隐匿处,每一条裂缝，以确认罗杰没有被一个大章鱼拉进洞里去；到"十字架"去了一趟，看罗杰是否十分伤感地到科学家的坟地去了；甚至搜查了通到洞口的石头迷宫，说不定罗杰到那里去看看是不是那又成了转运宝物的场所。

他们心情沉重地回到沉船。在海洋生物微弱光线的照射下，哈尔看到一根破桅杆上挂着个黑东西，他游近一点，看到那是个瓶子。他把它扯下来，对奥默做了个手势，两人上了"快乐女士号"。

哈尔急切地打破了瓶盖，看到里面是个纸条子。他掏出纸条，展开在手电筒光下，认出这是斯根克的笔迹。

亨特：

你的弟弟在我们手里。要想让我们放他，拿50万美元赎金来。我们给你提供方便。你所要做的一切不过是回特鲁克岛去，把"圣诞老人号"沉船留给我们，给我们一星期的时间来搬运货物。一星期之后，我们就把你弟弟安然无恙地送到特鲁克，还给你。

S. K. 英克罕姆

3个人目瞪口呆地坐着。哈尔的第一个冲动就是放弃沉船，回特鲁克去。他得听凭斯根克胡作非为了，只要能救他的弟弟。艾克船长和奥默想法也是一样的。

船长说："斯根克赢了，他比我们聪明。我总是说他是个狡猾的狐狸。我收起锚，咱们开到特鲁克岛去，好吗？"

15 海底激战

奥默说:"除了这,还能做什么呢?"

但哈尔的心里却在想着问题的另一个方面。难道他真的就这样对斯根克服输了吗,他的任务怎么办?艾克船长和奥默,对他们来说,走,没有很大的关系,他们的义务是对船负责,但他却要对海洋研究院负责。布雷克博士肩负着把"圣诞老人号"上的货物打捞上来的重任,现在博士不在了,他就要负起这个责任来。

他说:"我们的工作是把财宝打捞上来。我们不能让自己被一群土匪的恐吓信吓跑。"

奥默提出疑问:"那罗杰怎么办?"

"这也是罗杰的工作,他不会同意让我们为救他而让步。如果整个探险工作因为他失败了,他会感到这是他的耻辱。我了解他。我们继续干吧。匪徒们不会意料到我们的行动。也许在他们来干涉之前,我们可以捞起很多东西。假如他们真来了,我们要迎头痛击,让他们永远记住这个教训。"

奥默用水中呼吸器,哈尔钻入铁人,两人一起潜下水。他们拼命干着,"快乐女士号"底舱的宝物一点点地增加起来。

然而他们的精神却非常紧张,因为他们知道平静是暂时的,肯定要出事。但究竟会出什么事无法猜测。

每一次上来,他们都看到艾克船长对天气的担忧又增加了一分。各种迹象表明一场暴风雨就要到来。气压表已从30下降到29.3,而且还在降。但哈尔不同意停下工作去什么地方避一避。

大约是午夜2点,当铁人正往沉船上降的时候,探照灯前出现了一个圆东西,哈尔开始误认为是一条鲸。近一点以后,他看清楚了是一条在特鲁克岛看见的潜水艇。

潜水艇似乎向着他冲来,他立即对着电话喊:"吊上去,快。"

但铁人还没来得及往上浮,右边就被潜水艇的尖头使劲撞了一下,一下子把哈尔撞倒在钢壁上,一堆撞坏的仪器哗啦一声砸在他身上。他呼叫艾克船长,但没有回答,电线肯定断了。撞击使钢缆从绞车鼓轮上扭断了,铁人的一边朝下沉到了海底,灯也灭了,水开始往里漏。

潜水艇又一次撞过来,又是轰隆一声,哈尔又被撞到钢壳上,身上已经被撞伤。潜水艇鬼怪似的光透过海水。它围着铁人转了一圈,然后停在旁边。

潜水艇的活板门开了,一个人影从里面出来,游到铁人的后舷窗,似乎想把它打开。铁人的活板门猛地被打开,海水一下子涌了进来,哈尔感到自己的身体在海水的压力下收缩了。

在铁人里边不需要戴水中呼吸器,当然哈尔也就没有穿,假如他现在不马上游出水面,就会被淹死。

他马上通过活板门向外爬,突然觉得有人在帮他的忙。他抬头一看,虽然来人的半个脸被面罩和接口管掩盖着,他还是看出是斯根克。

斯根克企图把哈尔拉进潜水艇。哈尔虽在潜水钟里被撞得有点晕,但还是能够强有力地反击。

他一拳先把斯根克的送气管从嘴里打落。斯根克重安一次,他就重打一次。他没有空气,斯根克也不能有。他们也许可以坚持两分钟,至多3分钟,然后他们就会一起淹死。

15 海底激战

两人互相紧紧地撕扭着，打过了一丛鹿角珊时，哈尔两手卡住了斯根克的脖子，一直卡得他直翻白眼，然后把他推倒在一堆火珊瑚上，这火珊瑚是海中最毒的珊瑚。

哈尔终于自由了。正当他要向海面冲的时候，忽然有人抓住了他的脚，把他往下拖，原来是两个恶棍，他们马上把他推进潜水艇的太平舱，并关上了门。

水排出了，他顿时能够呼吸到空气了。脚下的活板门开了，他掉进了潜水艇内舱。

过了一会儿，斯根克毫无知觉的躯体也落在了他的身旁。另两个人跟着走进来。舱室太小，容不下4个人。但斯根克和哈尔两个人已经筋疲力尽，所以两个人就像两袋土豆一样被塞到架子上了。另两个人驾着这个水下小船向岛上驶去。

到了海滩后，两个土匪把还在昏迷状态的斯根克拉到甲板上。清凉的空气使他苏醒了。他能够在别人的帮助下游上岸，蹒跚地穿过树丛，朝土匪营地走去。

他的一个喽啰笑了一声说："我说，老板，那小伙子把你打得够呛。"

"等着看我是怎样收拾他的吧！"斯根克吼道。但到了营地，他根本没有对任何人做任何事的能力。他一屁股坐下来，拼命在身上乱抓一气。他浑身上下鼓出了红色的条痕，这是火珊瑚的作用。

哈尔焦急地四处张望寻找他弟弟。"罗杰！"他大喊一声。他感到一阵恶心的恐惧，这些魔鬼莫非已经杀了罗杰？他一把拉开帐篷的活门。

像只鸡一样，罗杰手脚被捆着，嘴里堵着东西，躺在地上。但他的眼睛却是明亮的，在手电筒的照射下，一眨一眨地。哈尔一下子把他嘴里的东西扯了出来。

罗杰嘴唇和舌头都是肿的，由于长时间堵着东西，嘴在痉挛着。但他还是吃力地说："哎呀，看见你真高兴啊！"看到哈尔旁边的那两个人已经紧紧抓住了哈尔的胳膊，他又说："噢，你已经见过我的这两个'朋友'了，这是查勃，这是疤癞脸。"

疤癞脸显然不喜欢罗杰送给他的名字。"我要把你的幽默踢到九霄云外。"他狂叫着，起脚向罗杰的肋骨踢去。

哈尔奋力抽出胳膊，对着这个流氓的下巴猛地一记勾拳。一场恶斗爆发了，斯根克也来参战。最后他们3人把哈尔按倒在地上，捆住了手脚，塞住了嘴。罗杰又被塞住了嘴。但斯根克并不满足。

"我觉得我们应该把他们俩都结果了，查勃，给他们几颗子弹。"

"喂，听着，"查勃抱怨说，"假如你想那样干，你请便吧。我们不想犯杀人罪。就这样我们的麻烦已经够多的了……"

斯根克打断了他的话："我雇了你，你得听我的。"

查勃紧握着拳头逼近了他："别忘了我们在这方面达成的协议，你这个可怜的小东西。没有我们，你一事无成。我们不是为你偷了这个潜水艇吗？而且还是我们开。这多亏我们在潜艇上服役了10年。"

"可你们是从潜艇上被不光彩地赶走的，"斯根克奚落他们，"你们俩是被海军开除的，现在又偷了潜水艇。就是现在你敲掉

15 海底激战

这两个脑袋,那又怎么会使你们的处境比原来更糟呢?"

"不过,我还是要问一问,"查勃坚持说,"你为什么不自己干?"

斯根克正要回答的时候,忽然一阵大风卷过树林,随即传来树枝被折断的噼啪声。帐篷一下子飞离地面,扯断了固定绳,缠到一棵棕榈树干上。从丛林深处传来了轰隆声和尖锐的呼啸声,就好像一个庞大的管弦乐团在调音。

疤瘌脸仰面看天,惊呼:"台风!"

棕榈树在星空下摇摆。沉重的椰子砰砰地砸落地面。一棵枯死树噼啪一声倒在离哈尔和罗杰只有几厘米的地方。

在这以后短暂的安静空隙里,斯根克说:"我们都不必杀人了,自然之母会代劳的。就把他们留在这里吧,母亲会照料他们的。"

查勃极度恐惧地瞪着眼睛四处张望着说:"但我们怎么办?岛的这一带很低,海水会淹过来的。"

风又刮起来了,更大,更强。

"你们走运了,有我给你们动脑筋。"斯根克喊着说,"快,进潜艇,潜下去。"他边说边向海滩冲去,"20米以下,我们根本就感觉不到有台风。"

哈尔和罗杰看着他们,一直到他们手电筒的光亮最后被丛林吞没。树木在狂乱地摇曳着,树枝和坚果雨点般地落在地上。在狂风的呼啸声中又传来海岸上的巨浪的拍击声。这是最大的危险——升起的大海,淹没的岛屿。

哈尔把身体弓起来,在弟弟的腰边到处摸着,然后摸到了捆住他的绳子。哈尔开始用自己捆住的双手去解那坚硬的结。

16 台风

台风

一道闪电使林中空地像白昼一样明亮。之后,黑夜似乎更黑。滚滚而来的雷声有盖过风的怒吼之势。

雨来了,不是一滴滴,而是一片片,一块块,成吨成吨地下。就好像天上有个湖,湖底掉了一样。

台风并不单纯是把云里的水放下来,它把愤怒的雨狂抛下来,好像决心要把地球表面的东西都砸个稀烂。这种轰击敲打碰到人身上就像一阵石头砸下来一样。

哈尔的手反剪在身后,这就使得他给罗杰松绑的工作进展得很慢。雨水使这工作更难。所以一直到快天亮他才成功。

然后罗杰连忙把塞在他哥哥和他嘴里的东西都掏出来,又去解哈尔手上的绳子。当脚上的绳子也解开之后,天就大亮了。

这是个什么样的黎明啊!让人觉得恨不得还是黑夜更好。天,就像一个巨大的沸腾的泥巴锅,翻滚着的黑云,不时被闪电划破。

接近地平线的地方,黑云渐渐变成苍白的颜色,太阳出来了,却只有平时一半大小,颜色像个棕色的波利尼西亚人的脸。

大部分的树都从上半截断了。残存的高高的树桩像音叉一样颤动着,随时都有树木折断声。"啪"的一下,像打枪,一枝棕榈树梢随之断下来,飘走了。它会不停地飘,最终进入大海。有时候，它不是横着走，而是竖立着直入天空，消失在黑色的云层里。

雷鸣声、雨打声、风的尖锐呼啸声，以及树枝折断和树木倾倒的声音，这一切都几乎超过了一个人的耳朵和神经所能够承受的水平。

哈尔站了起来，但立即被风和雨推倒在地。也许他们低低地躺着要好得多。他们都不说话，现在就是大喊大叫也听不见。他们蜷缩着身子，像两团球一样，要尽量少地把身体暴露在风雨中。

海水上来了。哈尔看见了浪头已经在舔着地面。水看上去是清白的，但它现在就意味着死亡。哈尔把一个指头伸到水里，然后舔了一下指头，看它是不是雨水。水是咸的，大海要吞没这个岛了。

他们得向高处转移。他向罗杰做了个手势，他们俩开始手膝并用向高处爬去。他们得非常小心椰子，椰子现在不是落，而是像枪里打出的子弹一般斜飞出来。树枝、棍棒、树叶发疯似的横冲直撞。不时，一棵大树会从树根裂开，并在灌木丛中开出一条路，直奔大海。

你可以感觉到海浪撞击沙滩引起的小岛震动，它有规律地传来，就好像激烈的心跳。

突然，震动变了样。强烈的地震摇晃着大地，伴随着比雷鸣更大的吼声。

雨暂时停止了，这是个安慰。但无雨的风是热的，它吹到身上就好像鼓风炉的门突然打开，伴随着一阵热浪冲过来似的。

16 台风

为了避风，兄弟俩还在匍匐前进，有的时候他们感到不可能把头抬离水面。

并不是全部的水都要漫过这个岛。有些水只是穿过了这个岛，无论是通过岛下的洞穴，还是通过土壤，风暴巨大的压力把液体变成了固体，并把这一切搅成半液体。即便没有淹死在上升的大海里，但如果沉在这新形成的流沙里，也是够危险的。

罗杰抓住哈尔的胳膊向上指着。一个巨大的约有20米高的卷浪正呼啸着向他们扑过来。蜷曲的浪峰上有大量的椰子、树枝、灌木，甚至是整棵的树。

这是个可怕的威严和力量的图画，它的轰鸣压过了风的呼啸。

哈尔拉着罗杰朝岛屿上最坚实的东西，一棵草绿色树脂树跑去。他们急忙上了树，穿过它的大树枝。他们还没到树顶，卷浪就打过来。

树颤抖了，巨大的砾石撞击着树枝和树干，浪头带来的原木和树扑打着树枝，但没有碰着两个胆战心惊的爬树人。

可是，他们爬再高也躲不过那个咆哮着的浪峰。当浪峰打过来时，他们本能地闭上眼，咬紧牙关，屏住气。

浪峰把他们从树上卷了下来，就好像他们是两片树叶一样，他们在树枝中被冲过来、卷过去，接着，抛入空中，树枝及石头打在他们身上。巨浪把他们高高地卷过小岛，最后把他们丢在一堆树枝上，他们这时已是遍体鳞伤，差不多快昏过去了。

台风的一个大浪过去后，留下的是相对的安静。回流把地上的水带走了，地面差不多干了。台风中大浪之间的距离一般是

400多米。

假如他们能在下一个浪头到来之前跑到一个地势高的地方……

"这是个好机会，快！"

哈尔拉了罗杰一把，他们一头扎进大风里，手脚并用前进。风像是固体的东西，他们得钻一个眼，打一个洞才能通过。风从四面八方袭击着岛屿，像是要把它撕成碎片。难怪波利尼西亚人形容台风是"翻转大地的风"。

又一次地震震撼着岛屿，这次比上次要严重得多。地面上出现了两米宽的裂缝，很多被风摇动了的树倒了下来。

现在他们已经到了一块高地，又爬上了一个陡峭的山头。下一个卷浪到来的时候，只是在他们脚下冲过。他们来到一个悬崖边上，俯视着下面的大海。

哈尔立即辨认出了这个地方。布雷克博士就死在底下的海湾口。

海湾处于风暴的必经之路。海浪翻滚着进入宽阔的海湾口，到达浅水区域时就卷得更高，把整个海湾变成了一个咆哮着的水的地狱。最后浪花撞碎在悬崖峭壁上，迸溅的水沫高达近100米。

兄弟俩忧心忡忡地寻找着"快乐女士号"。它已不在它平时的停泊处。他们向西方的水域搜索着，但也看不见它。

他们转身向潟湖方向看去。天哪，"快乐女士号"在那里，它在爬山！

艾克船长非常英明地把潟湖当作避难所，这是个并不理想的

16 台风

避难所，但有总比没有强。风暴席卷着潟湖，湖内的小波浪和经过岛的低洼处冲进湖里的大浪汇合在一起。

风和浪把"快乐女士号"推上了沙坡，浪峰每扑打一次，就把它往上推进一点。它已经离潟湖水面足足 10 米高了。兄弟俩张大了嘴巴望着这只帆船爬山的奇景。

"快乐女士号"并非在快活地做游戏，它已经濒临绝境，它的两根桅杆都断了，船身上开着几个大洞。

但它确实是在爬向安全地带，除非它被冲过小山，冲进那边的大海。

每一个海浪可把它提高 20 厘米，而每一次巨大的卷浪，则使它提高两三米。兄弟俩只有祈祷着艾克船长和奥默还在船上，活着，并能挺过这次可怕的灾难。

那 3 个在潜水艇里避难的人怎么样了？斯根克是够聪明的，他想到了潜艇。在海洋深处，他们的机遇要算是最好的。

可哈尔知道小型潜艇没有潜到 20 米的设备，而躲避这样的风暴需要潜到 20 米以下。只有在珊瑚园里，一切才是安静、和平的。

这也不是绝对的，就是在 200 米以下，科学家们也遇到并测过水下波涛的巨大威力。在深水还发现过汹涌的水流、河流、激流。有台风时，谁知道会出现什么事呢？

奇怪的现象发生了，他们脚下的地面每隔一会儿就在一股巨大的力量冲撞下抖动一次。哈尔爬到悬崖边缘往下看，正好看到一块直径至少 4 米的巨石径直撞向悬崖，这惊人的碰撞使巨石碎成小块，又落进大海。

不一会儿,一个卷浪又卷着三四块巨石向悬崖砸过来。

这些巨石是从哪里来的呢?海湾里没有,它们一定来自外边的大海。哈尔忽然想起了"圣诞老人号"旁边的石头迷宫。

在海洋的那个地方,巨大的力量在起作用。滚滚的底流和喷流把巨石推向海岸,来到浅水区,然后卷浪又卷起它们摔向悬崖。

哈尔忽然担心起"圣诞老人号"来。它会不会被扯碎,宝物失散?但他马上就想到这不可能。沉船深深地埋在沙里,300年来,台风也没能动过它。

躺在他身旁的罗杰,虽然脸被一道道飞来的浪花刺痛,还是在目不转睛地盯着大海。哈尔顺着他的视线望去,他的心一下子沉了下去。一个卷浪裹着个东西汹涌澎湃地向海湾奔来。"圣诞老人号"到底还是被拔出了海底,在奔向毁灭。

不对,不是"圣诞老人号",是个黑东西,像块巨石,但肯定不是巨石。

突然罗杰对着他的耳朵大喊了一声:"潜水艇。"

是那艘潜艇。虽然它竭尽全力要待在深水安全的地方,但汹涌而又愤怒的大海还是把它抛了出来。海洋之神就要把这3个罪犯交给正义了。潜艇在巨浪的手中显得那么轻,看起来就像黑色的泡沫。

它被卷进海湾口,卷过科学家悲惨地死去的地方。浅海使卷浪更高,卷浪的巨臂高举起黑色的潜艇。它在令人眩晕地旋转着。谁能想象出里边那3个人的恐慌程度呢?

接着,它撞来了。它砸在峭壁上,岩石表面被砸掉了一些碎

16 台风

片。那个黑家伙像个炸弹一样爆炸了。钢铁的碎片向四面八方射去,有几片差一点击中这两个趴着从悬崖边向下张望的、吓得魂飞魄散的孩子的脸。那几个人的尸体在浪花中依稀可见,被弧形地抛上天,然后落进奔腾的大海。

巨大的海浪退了下去,发出的声音像深沉的叹息。大海似乎对它刚刚做过的事十分满意。

斯根克,这个机关算尽,利用大自然——毒蛇啦,蝎子啦,石鱼啦,或是巨蛤来为他的卑鄙伎俩服务的人,这个一手策划了布雷克博士的死亡而又没有亲自动手的人,这个把两个堵住嘴巴、捆住手脚的人留给台风,而他和他的同谋却去大海深处寻找庇护所的人,到头来终没有斗过大自然。

哈尔对此心满意足。他的头很痛,回头看看他弟弟,已经脸色发青,颜色像甲鱼汤一样。又一次地震,震撼大地,峭壁垮了一点。兄弟俩疲惫不堪地往后退到一个安全一点的地方。

巨大的卷浪比以前少多了,也没有那么猛烈了。风不再像一堵固体的墙了,它开始掉转方向,漂泊不定,似乎不知道下一步该怎么办。

风似乎越来越不知所措。这种状况持续了一个小时,然后突然之间,风消失得无影无踪,留下了死一样的平静。

远处还有风的踪迹,它似乎正在匆匆跑掉,寻找新的土地去施展它的余威。水还在下面迸溅着,但已失去了它的冲力和破坏力。

巨浪引起的水雾消散了,岛屿一片凄凉。整个海岛已被吞噬了2/3。假如台风刮一天的话,海岛恐怕就彻底消失了。

只有两座小山留了下来。还有一片低洼地，至少积水 4 米多深，水面上漂浮着数以百计的折断的木桩。放眼望去，没有一棵完整的树。小房子一样大小的巨石遍布向风的海岸。

到下午的时候，海浪平息了，低洼地的积水也开始消退。并且，天哪，在那里，一只小船正在向小岛这里开来。

那是"快乐女士号"的小艇，里面有两个人。哈尔和罗杰兴奋地大喊大叫，摇晃着手臂，小船上的人也回应着。

当小艇划过两根树桩，停在水边的斜坡上，4 个人会合时，大家都别提多高兴了。

哈尔关心地问："'快乐女士号'怎么样了？"

"毁得差不多了，"艾克船长回答道，"但还可以修复。"

"我们的海蛇和电刺鳐、海鳝，还有其他的一切，都还好吧？"

"应该是没问题的。风暴一开始，我们就把水槽装满水，然后盖严，以免水泼出来。恐怕这些标本在水槽里边跌打得还没有我们在外边摔得重呢。"

"船爬了那么高，你们在里边够呛吧。"看到那条纵帆船停在高出潟湖 20 米的小山上，哈尔笑起来，"就像亚拉腊山上的挪亚方舟一样。"

鸟都已经被吹跑，不过现在远方出现了一只。罗杰说："这只鸟很大，一定是只护航鸟。"

艾克船长眯着眼睛，仔细观察后说："比那好得多，这是一架从海军基地飞来的直升机。"

飞机绕着山顶上的纵帆船飞了一圈，然后飞过另一山头就在

16 台风

离孤立无援的水手们十几米的地方降了下来。飞行员对下面喊着:"有没有到特鲁克去的乘客?或许你们更喜欢这地方?"

他们急忙爬了上去,似乎怕飞行员会改变主意。飞机向北方飞去了。

飞行员在发动机的嘈杂声中喊:"我们很担心你们怎么度过这场灾难,我们觉得还是来看看能否发现你们的踪迹。不是还有两个人吗,他们在哪里?"

哈尔讲了布雷克的遭遇和斯根克的下场,到了基地又对指挥官叙述了一遍。然后就是热乎乎的饭菜,好香啊!还有干净的被褥,最后是辛辛苦苦挣来的睡眠。

17

火山的召唤

剩下的事情就长话短说吧。

从海军基地借来了装备,把"方舟"从"亚拉腊山"上拖下来,到特鲁克进行了修复。

岛上藏匿的珍宝在一片灌木丛和峭岩之下找到了。继续打捞"圣诞老人号"上的珍宝直到全部上了"快乐女士号",然后运到了特鲁克岛,在那里又被装上开往旧金山的货轮。在同一条货轮上的特制水槽里,装着那些珍贵的深海动物标本。

很多群岛地图都变了样。台风刮走了十几个小岛,火山爆发又使原来一片汪洋的地方升出了新的岛屿。几个活火山从海里冒了出来,喷着火山灰和炽热的岩浆。

整个西太平洋不断地发生地震。日本、夏威夷、菲律宾、印度尼西亚的火山都在熊熊燃烧。

一个美国自然历史博物馆的火山学家听说海洋研究院不再需要"快乐女士号",就马上飞到特鲁克来。他登上了这只纵帆船。

他对哈尔和艾克船长说:"这条船不错。我们就是需要这样的船。我想去拜访一下这些正在冒出来的新岛屿和那些火山。太平洋的这一头似乎都开了锅,一定发生了很不寻常的事情。我们想弄个明白,怎么样,你们的船行吗?"

艾克船长眯缝着眼看着哈尔、罗杰和奥默,他们都愁眉苦

17 火山的召唤

脸,船长知道这是为什么。

他慢吞吞地说:"我想这条船是胜任的,不过要和它分手我们实在很舍不得。"

"分开!"客人叫起来了,"这是从何谈起!从研究院里我得到的是有关你们的最好评价,我要你们都跟我一起走。我去哪里还能找到比你们更好的助手呢!"

像变魔术一样,大家顿时笑逐颜开。哈尔代表大家说:"这对我们来说太好了。"

科学家举起一只手以示警告:"别决定得太早了,这可是项危险的工作——系一根绳子,下到正在喷发的火山口。"

"既然这对你没什么,"哈尔一边说,一边环视着使劲点头表示赞许的同伴们,"对我们也没什么!"